Marco Balzano

Wenn ich wiederkomme

ROMAN

Aus dem Italienischen von
Peter Klöss

Diogenes

Die Originalausgabe erschien 2021 bei Giulio Einaudi Editore SpA,
Turin, unter dem Titel ›Quando tornerò‹
Copyright © 2021 Marco Balzano
This edition is published in agreement with
Piergiorgio Nicolazzini Literary Agency (PNLA)
Die Arbeit des Übersetzers am vorliegenden Text wurde
vom Deutschen Übersetzerfonds gefördert
Covermotiv: Foto von Sheldon Serkin
Copyright © Sheldon Serkin

Der Diogenes Verlag wird vom Bundesamt für Kultur
für die Jahre 2021–2024 unterstützt

Für meine Mutter

Geh manchmal an unserem Haus vorbei,
denk an die Zeit, als wir noch alle da waren.
Mario Luzi

Inhalt

ERSTER TEIL

Wo bist du

Du hättest eigentlich gar nicht geboren werden dürfen.«

Das sagt mir Moma seit sechzehn Jahren. Moma ist meine Mutter, ich nenne sie so, seit ich denken kann. Einige Zeit nach der ersten Schwangerschaft war Moma an der Gebärmutter operiert worden, Kinder könne sie jetzt keine mehr bekommen, meinten die Ärzte und schrieben es ihr auch in den Entlassungsschein, damit sie sich keinen Illusionen hingab. Vielleicht hat sie mich deshalb so geliebt, weil ihr hoffnungsloser Wunsch zu Fleisch und Blut geworden war.

Nicht, dass Moma meine Schwester nicht liebhätte. Angelica muss man einfach liebhaben. Wenn wir uns zanken, dann nur deshalb, weil sie mir ständig sagt: Tu dies, tu das. Sie denkt, sie kann mich herumkommandieren, aber ich hab gelernt, selber zu kochen und meine Klamotten zu waschen. Und ich mache das, wenn es mir in den Kram passt.

Angelica ist gut organisiert und alles andere als kleinlich. Sie drückt sich nie vor der Arbeit, im Gegenteil. Sie ist eine, die sich aufopfert. Mit Moma malte ich manchmal in der Küche – ihr großer Traum war schon seit je ein eigenes Zimmer voller Staffeleien und Leinwände – und einmal bat ich sie, unsere Familie als Tiere zu zeichnen: Moma als Pferd, Papa als Wolf, mich als Katze. Meine Schwester sollte sie als Esel darstellen, weil Angelica halt so ist, sie zieht den Karren, bis sie zusammenbricht. »Nimm dich in Acht vor denen, die sich klaglos schinden«, sagte Opa Mihai immer, »eines Tages sind sie es leid, und man sieht sie nie wieder.«

Früher mochte ich Angelica lieber, da waren wir fast immer ein Herz und eine Seele. Sie spielte, lachte, lief mit mir durch die Sonnenblumen … Und vor allem war sie einfach meine Schwester. Nachdem Moma weggegangen war, hat sie plötzlich angefangen, mich wie eine Erzieherin zu behandeln, und da ist mir irgendwann der Kragen geplatzt. »Nur weil du acht Jahre älter bist, oder was?«, habe ich sie angeschnauzt. Angelica hat nichts erwidert. Wenn sie wütend wird, verstummt sie einfach, steigt aufs Fahrrad und radelt durch die Felder, wie Moma: Sie verziehen sich lieber und machen sich woanders Luft, statt mit dir Klartext zu reden – und wenn du dich auf den Kopf stellst.

Jedenfalls ist meine Schwester störrisch wie ein Esel, womit ich aber nicht sagen will, sie hätte keinen Grips, denn sie hört viel zu und redet wenig. Wenn ich mir nicht erklären kann, warum meine

Mutter sich so oder so verhält und mein Vater nichts sagt, frage ich sie, und sie kann es mir erklären, weil Angelica die Welt kapiert und weiß, wie es läuft. Bei mir ist das anders, ich bin impulsiv. Sonst wäre ich nicht in dieser Lage.

Aber der Reihe nach. An dem Morgen sind wir wie immer um sechs Uhr aufgestanden und haben dann im ganzen Haus nach Moma gesucht. Irgendwann haben wir sogar die Möbel von den Wänden gerückt, als hätten wir einen Ring oder einen Schlüsselbund verlegt. Als meinem Vater klar wurde, dass seine Frau sich davongemacht hatte, begann er, die Tür mit Tritten zu traktieren und mit den Fäusten gegen die Wand zu schlagen, während ich hinaus unter die Pergola ging und so laut ihren Namen schrie, dass es nach einer Weile sogar Papa zu viel wurde und er mir befahl, sofort aufzuhören.

»Du erkältest dich, Manuel, komm rein!«, und damit packte er mich mit seinen schwieligen Händen an den Schultern und führte mich ins Haus.

Ich sehe sie noch genau vor mir, die Hände von Filip Matei, Jahrgang 1972. Er war Arbeiter in einer Fabrik gewesen, die Schmirgelpapier herstellte, eine riesige Werkhalle am Straßenrand, und er musste gewaltige Rollen auf einen großen Eisentisch wuchten und die zehn Meter breiten Bögen aufrollen, deren Oberfläche schlimmer in die Haut stach als Nadeln. Abends setzte er sich vor den

Fernseher und tauchte seine Hände in eine Schüssel mit Alkohol, weil Alkohol Schwielen macht und Schwielen schützen. »Da spürst du das Stechen nicht«, erklärte er mir, während er sie mit schmerzverzerrtem Gesicht einweichte. Die Hände meines Vaters sind einzigartig, all die Schwielen hatten ihnen das Gefühl genommen, und als er mir einmal aus Spaß in den Oberschenkel kniff, merkte er gar nicht, dass er mir wehtat.

Am Küchentisch brachten weder er noch ich ein Wort heraus. Draußen war es noch dunkel, und unsere Gesichter waren gerötet von der Kälte. Am meisten machte mich wütend, dass Moma keine Nachricht hinterlassen hatte. Wer abhaut, legt immer irgendwo ein Stück Papier mit einer Begründung hin, einer Floskel, einer Entschuldigung … Und wenn schon keinen Zettel, hätte sie wenigstens eine SMS schicken können. Aber auf dem Handy war nichts. Nur eine Nachricht von Vlad, meinem Banknachbarn in der Schule, der mich fragte, warum ich nicht im Bus war.

Angelica hatte sich schon geschminkt und die Stöckelschuhe angezogen. Ich hab immer gefunden, dass meine Schwester sich ein bisschen wie eine Nutte anzieht und dass Moma total recht hat, wenn sie sie deshalb anmacht, aber es schien mir nicht der Moment, ihr das zu sagen.

»Los, Manuel, wir gehen in die Schule«, sagte sie unvermittelt.

»In die Schule? Aber der Bus ist doch längst weg!«

»Dann kommen wir halt zur dritten Stunde.«

Normalerweise springe ich nicht auf wie ein dressierter Hund, aber die Heizung im Haus war seit einer halben Ewigkeit nicht mehr in Betrieb, und nach der Zeit draußen unter der Pergola war ich so durchgefroren, dass ich gehorsam meine Jeans und das Kapuzenshirt überzog. Geld hatten wir keins, die Schmirgelpapierfabrik hatte schon lang zugemacht, und Momas Firma zahlte die Gehälter nicht mehr. Seit einem Jahr schlugen wir uns mit den Schecks der Arbeitslosenversicherung durch.

Ich weiß nicht, warum ich an jenem Morgen auf Angelica hörte, mein Vater hätte mir ohne Weiteres erlaubt, zu Hause zu bleiben, weil er nicht die Kraft hatte, sich durchzusetzen, schon gar nicht an einem Tag wie diesem. Dafür konnte ich sicher sein, dass er am Abend sternhagelvoll wäre.

Ich verließ das Haus ohne Schal, was Moma niemals hätte durchgehen lassen: Die scannt einen besser als jeder Metalldetektor. Nach einer Weile blieb Angelica stehen und drückte mir einen Briefumschlag in die Hand.

»Da«, sagte sie, ehe ich begriff, was los war.
»Lies.«

*Meine Kinder, ich habe in Mailand Arbeit gefun-
den. Ich muss fort, damit ihr studieren könnt und
anständig zu essen bekommt. Denn ich möchte,
dass ihr die gleichen Chancen habt wie die anderen. Mit Papa darüber zu reden ist sinnlos, deshalb
bin ich heimlich gegangen. Das ist nicht schön, ich
weiß, aber wenn ich nicht sofort zugesagt hätte,
hätten sie eine andere genommen. Papa und Oma
Rosa werde ich jeweils Geld schicken, sie geben
euch, was ihr braucht. Du, Manuel, lerne fleißig
und vertraue mir. Du, Angelica, kümmere dich
um deinen Vater und deinen Bruder und hasse
mich nicht wegen der Opfer, um die ich dich bitte.
Ich habe euch unendlich lieb. Bis bald, Mama.*

Ohne ein Wort sind wir weitergegangen. An der
Bushaltestelle gab ich ihr den Umschlag zurück.

»Sag mal, Angi, warum gehen wir an dem Tag,
an dem wir Waisen geworden sind, überhaupt in
die Schule?«

»Aber sie ist doch nicht unter den Zug gekommen!«

»Na ja, einmal im Jahr sehen, das ist schon ein
bisschen wie gestorben, finde ich.«

»Sie macht das ja nicht für immer und ist bald wieder da.«

»Iacobs Mutter hat auch gesagt, sie bleibt sechs Monate, und jetzt ist sie seit zwölf Jahren in Italien. Oder die Frau, die früher den Kurzwarenladen hatte: Wenn die zu Besuch kommt, erkennt sie keiner wieder. Und weißt du noch, Georgeta …«

»Ich hab doch gesagt, es ist nur vorübergehend«, wiederholte sie und schnaubte.

»Und woher willst du das wissen?«

»Na dann weiß ich es eben nicht!«, platzte sie genervt heraus. »Jedenfalls müssen wir in die Schule und lernen, deshalb ist Mama ja weg!« Sie wedelte mit dem Brief vor meiner Nase.

»Papa hätte doch gehen können.«

»Papa …«, seufzte sie und schüttelte den Kopf wie – ein Esel, ja wirklich.

Als ihr Bus kam, winkte ich ihr vom Unterstand aus und rief sogar ihren Namen, aber Angelica hob kaum das Kinn. Sie zeigt nicht oft, dass sie einen mag, und wenn ihr mal ein nettes Wort rausrutscht oder eine Umarmung, dann nur für Papa und ganz bestimmt nicht für mich oder Moma.

Ich schleppte mich von ihrer Haltestelle zu meiner – ihr Gymnasium lag in Iaşi, meine Mittelschule in Roşcani, dem Nachbarort –, aber der Bus kam nicht. Im Winter bleibt er schon mal in den Schlag-

löchern stecken und kommt dann mit einer Riesen-
verspätung, also hab ich mich aufgerafft und zu Fuß
auf den Weg gemacht. Das war vielleicht kalt ... Und
ohne Schal. Ich biss in den Kragen meiner Jacke, damit mir von dem Wind nicht der Mund einfror. Während ich so am Straßenrand entlanglief, spürte ich
plötzlich einen so heftigen Stich im Magen, dass ich
keinen Schritt weiterkonnte. Ich hab mein Handy
rausgeholt und versucht, Moma anzurufen, aber sie
ist nicht drangegangen. Und die Mailbox war voll,
wahrscheinlich mit Papas Verwünschungen.

Komischerweise ist mir dort, auf der nassen
Straße mit den höllischen Magenkrämpfen, zum
ersten Mal kein einziger vernünftiger Grund für
ihr Verhalten eingefallen. Bis zu diesem Tag war alles, was Moma sagte und tat, für mich Gesetz, aber
an diesem Morgen, vielleicht weil ich so impulsiv
bin oder weil zwölf »ein Scheißalter ist, Liebling«,
konnte ich keine Gründe finden. Also, dass sie es für
uns getan hatte, verstand ich schon und auch, dass
es völlig blödsinnig war, darauf zu hoffen, dass Papa
eine Arbeit fand, aber warum hatte Moma mich
nicht gefragt, was ich davon hielt? Hätte sie doch
nichts gekostet zu fragen: Willst du mitkommen?
Das dachte ich, während der Schnee unerbittlich in
den Jackenkragen rieselte. Auf einmal machte es mir
Angst, ihr Vorwürfe zu machen, und da die Stiche

jetzt nicht mehr so schlimm waren, ging ich weiter. Besser auf den Esel hören: »Mama will, dass wir in die Schule gehen, basta!« Ich schüttelte mir den Schnee aus den Haaren, legte einen Zahn zu und bog in eine Straße ein, die am Rand schon weiß war.

Mit dreckigen Jeans und klatschnassen Strümpfen betrat ich den Klassenraum, pünktlich zur Pause. Von ein paar Kameraden schnorrte ich mir etwas Essen zusammen, ich hatte einen Mordshunger.

»Der Wecker hat nicht geschellt, hab schlecht geschlafen …«, antwortete ich denen, die mir von ihrem Pausenbrot abgaben oder einen halben Keks in die Hand drückten.

Während die Biolehrerin zum hundertsten Mal die Fotosynthese erklärte, zog ich die Strümpfe aus und legte sie zum Trocknen auf den Heizkörper. Die Lehrerin hätte es nicht mal gemerkt, wenn ich mir die Unterhose ausgezogen hätte. In der nächsten Stunde schrieben wir einen Geschichtstest, und ich hatte immer noch eiskalte Füße und einen Wahnsinnshunger.

Obwohl ich nicht wusste, ob meine SMS es bis nach Italien schafften und ob Moma sie lesen würde, hockte ich mich beim Rausgehen auf die Treppe und schrieb ihr: *Hallo Moma, liest du das? Ich krieg bestimmt wieder eine tolle Note in Geschichte.*

Mein Vater Filip Matei ist wirklich der unberechenbarste Mensch, den ich kenne. Ein paar Tage nach Momas Abreise kriegt er sich plötzlich ein und fängt an, das Dachgeschoss zu entrümpeln, die, seit ich auf der Welt bin, mit altem Krempel zugemüllt ist.

Eines Abends kommt er mit einem Grillhähnchen und Pommes nach Hause, teilt es in drei Portionen, legt die Tüte in die Mitte des Tischs und erklärt meiner Schwester und mir – als ob wir es nicht wüssten –, dass Moma ihm jeden Monat Geld schicken wird.

»Damit baue ich oben eine zweite Wohnung aus. Ich bau einen Balkon an, schmeiß die verfaulten Balken raus und zieh neue ein, und das Dach decke ich auch neu. Aber das ist erst der Anfang, Kinder: Ich weißele das Haus, bau einen Zaun drumrum, reinige die Tenne ... Eure Mutter soll nämlich wie eine Dame wohnen, und einen Ort, wo sie in Ruhe malen kann, soll sie auch endlich haben!«, sagt er enthusiastisch, in der Hand ein Hühnerbein. Angelica und ich sitzen sprachlos da und starren ihn mit offenem Mund an.

In den nächsten Tagen schaute ich Papa genauso erstaunt zu wie früher Moma beim Malen. Er hatte sich beruhigt, schuftete in der Mansarde, und am Telefon war er freundlich zu ihr. Er zeichnete Pläne, ging auf die Gemeinde, zum Schmied, ins Farbengeschäft … wie ausgewechselt war er. Um uns kümmerte er sich nicht, das stimmt, aber nicht, weil er uns nicht gerngehabt hätte. Die Erziehung war halt schon immer Momas Sache gewesen, und die paar Mal, wenn sie nicht weitergewusst und ihn um Rat gefragt hatte, hatte er nur zurückgeknurrt: »Du wolltest sie doch immer erziehen, Daniela. Also los, erzieh sie!«

Um die Wäsche und das Essen kümmerte sich jetzt Oma Rosa. Ach ja, bevor ich's vergesse, will ich auch etwas über sie sagen, über diese winzige Frau, die ich immer nur in schwarzer Kleidung und in Lederpantoffeln gesehen habe und mit einem Kopftuch, das die wenigen Haare bedeckte, die ihr geblieben waren.

Oma strickt und gärtnert gern, damit verbringt sie ganze Tage. Ihr Vater war Zöllner, deshalb ist sie in Nisporeni geboren, hinter der moldawischen Grenze, aber sie fühlt sich als Rumänin, so wie Opa. Wenn Gäste kommen, erzählt sie immer aus ihrer Kindheit am Ufer der Nârnova und zeigt stolz die eingerahmten Urkunden aus der

Zeit, als sie in der Kartonfabrik gearbeitet hat und Opa Traktorist auf der Kolchose war. Alle in der Familie wissen auswendig, was auf diesen Urkunden steht: *Danke, Genosse, für deinen Beitrag zum Aufbau der kommunistischen Gesellschaft und dass du so dafür sorgst, dass der Himmel über den Köpfen deiner Kinder blau ist.* Angelica und ich sagen das jedes Mal, wenn wir uns das Salz reichen, und amüsieren uns köstlich. Dass sie uns gernhat, zeigt Oma uns, indem sie nie über Probleme redet, zum Beispiel über ihre Tochter. Moma, logisch, ist Problem Nummer eins.

Alles lief halbwegs glatt bis zum Sommer. Klar, ohne Moma fiel uns vieles schwer, aber wir haben fest auf die Zähne gebissen. Papa arbeitete in der Mansarde, Oma kümmerte sich um die Hausarbeit, damit Angelica lernen konnte, ich hielt mich wacker in der Schule, und Moma wiederholte jeden Abend das Versprechen: »Im Juli bin ich wieder da.«

Und als sie tatsächlich wieder da war – die Sonnenblumen hatten sich gerade geöffnet und bildeten eine einzige gelbe Fläche, die das Land mit Licht überflutete –, ist mir das Herz aufgegangen. Wie sie da über die Straße angefahren kam, auf dem Wagen von Marin, die Koffer im Stroh, war es wie eine Erscheinung. Ich schämte mich dafür, wie sehr ich sie umarmen wollte, ich hatte Angst, wie ein Rotzbengel dazustehen. Und ich schämte mich, ihr ins Gesicht zu sehen, während ich sie umarmte, weil ich in diese Umarmung all die Wut hineinlegte, die in meinem Körper kochte.

Papa hatte ihr zu Ehren eine Überraschungsparty organisiert, und Moma hatte uns so viele Geschenke mitgebracht, dass es wie Weihnachten war. Die leckeren italienischen Süßigkeiten hatten so tolle Verpackungen, dass ich eine noch immer im Regal aufbewahre, zusammen mit der Illy-Dose. Und dann das neue Handy, die Bluetooth-Kopfhörer, das Tablet … Es war ganz leicht, sie zu überreden, den Kram zu kaufen, man musste nur sagen: »Dann können wir besser telefonieren.«

Aber der Sommer flog vorbei wie nichts. Die Sonnenblumen beugten ihre Köpfe, von den Maisfeldern blieben nur die ausgebleichten Stoppeln, der Herbst brachte seine melancholischen grauen Wolken, die Schule fing wieder an, und wenn wir mit Moma telefonierten, war von Rückkehr nicht mehr die Rede. Ich war immer noch einer der Besten in der Klasse, ich ließ Vlad, diese Niete, abschreiben, mit meinen Freunden kam ich gut klar, und die Lehrer waren nicht übel, aber ich wollte trotzdem nicht mehr hin, um Moma zu ärgern. So eine Egoistin, sagte ich mir. Okay, sie muss sich bei dem alten Mann abrackern, aber dafür lebt sie in einer tollen Stadt und unternimmt da bestimmt wer weiß was. Wenn sie nicht mal auf die Idee kommt, mich mit nach Mailand zu nehmen, dann ist sie gar nicht so, wie ich immer gedacht habe, die blöde Kuh.

Aber das war es nicht allein, es war alles zusammen. Es war lächerlich, wie Angelica das Familienoberhaupt spielte, an manchen Tagen hätte ich ihr am liebsten eine gescheuert. Papa hatte das mit dem Umbau bald satt, morgens stand er nicht mehr auf, und wenn ich ihn wecken wollte, bevor ich in die Schule ging, brachte er nur peinliche Ausreden vor – »Um die Uhrzeit ist es zu kalt, da bindet der Zement nicht« – und drehte sich auf die andere Seite. Bis zum Abend blieb er auf dem Sofa liegen, schaute Wrestling und beklagte sich, dass er keine Arbeit fand. »Unter Ceauşescu war's besser«, hörte ich ihn brummen. Oma Rosa war ich dankbar dafür, dass sie sich um alles kümmerte und für uns kochte – nicht umsonst war auch sie Haushälterin in Moskau gewesen –, aber oft wusste ich nicht, was ich mit ihr hätte reden sollen. Manchmal half ich ihr dabei, die Pflanzen zu gießen, weil ich auch gärtnern lernen wollte. Aber wenn ich zusammen mit ihr im Haus war, redete ich meistens mit der Katze. Jedenfalls fühlte ich mich komisch, schräg drauf, mit einem Wort: allein. Ich hatte keine Lust mehr, mit meinen Freunden nach draußen zu gehen oder mit dem Fahrrad zum See zu fahren, alles, was mir bis vor kurzem noch Spaß gemacht hatte, fand ich jetzt nur noch öde. Wenn ein Freund mich fragte, ob wir rausgehen, oder mich zum Fußballspielen abholen wollte, sagte ich, ich hätte zu tun. Ich wusste, dass früher oder später keiner mehr kommen würde, aber ich schaffte es nicht, anders zu reagieren.

Nur bei Opa Mihai fühlte ich mich wohl. Es gefiel mir, im Garten zu erledigen, was er mir auftrug: Unkraut jäten, kleine Löcher stechen und Tomatensamen hineinlegen, die Erde wässern. Oder ich verkroch mich im Waggon. Kein Witz, im Garten von Opa Mihai stand wirklich ein alter Eisenbahnwaggon, den er irgendwann mal für wenig Geld im Bahnhofdepot gekauft hatte. Wenn ich früher als kleiner Junge keine Lust auf Mittagessen hatte, habe ich mich immer dort versteckt. Dort verstaute er alles, Rechen und Astscheren, Blechdosen und Tresterflaschen, und in einer Ecke stapelweise alte Journale aus Sowjetzeiten.

»Möchtest du wieder Kind sein?«

»Verkriechst du dich denn nie hier?«

»Seit ich vor vielen Jahren deiner Oma geschworen habe, mit dem Rauchen aufzuhören, komme ich manchmal auf eine Zigarette her ...«

Opa merkte, dass etwas nicht stimmte. Anders als meine Schwester, die mich nur rumkommandieren wollte, oder meine Mutter, die mich ausfragte, oder mein Vater, der gar nicht mitbekam, dass es mich auch noch gab, war er mir nah, ohne mich die Last meiner Niedergeschlagenheit spüren zu lassen. Manchmal versuchte er herauszubekommen, was mich beschäftigte, aber ganz beiläufig, während er die Hecke stutzte.

»Was möchtest du eigentlich später mal werden?«, fragte er mich. Wenn ich nur die Achseln zuckte, ließ er es damit bewenden, bis er nach einer Weile wieder fragte: »Komm schon, Junge, alle wollen etwas werden.« Und dann, während ich Äste und Blätter vom Boden auflas, um ihm nicht ins Gesicht schauen zu müssen, gestand ich, dass ich keinen Bock mehr auf Schule hatte. Oder dass ich mir wünschte, Moma käme zurück oder nähme mich beim nächsten Mal mit. Dann schaute Opa Mihai in den Himmel und dachte eine Weile darüber nach, bevor er sagte: »Dann müssen wir einen Weg finden.«

Jedenfalls bin ich weiter zur Schule gegangen, auch wenn sie mich langweilte und nervte und mir bis hier stand. Ein weiteres Jahr bin ich über die Schotterstraße gegangen und dann in den Pfad nach Roşcani eingebogen. Mit dem Bus fuhr ich nicht mehr, ich stand früh auf und ging zu Fuß. Opa fand das gut: »Im Gehen löst man Probleme«, sagte er immer. Unterwegs, die Kopfhörer auf, dachte ich an Moma, wie es ihr ging und was sie machte. Wäre sie hier gewesen, hätte ich vielleicht gar nicht mit ihr gesprochen, bestimmt hätten wir uns trotzdem gestritten, aber es wäre einfach was ganz anderes gewesen. Im Leben geht es nur darum, einander nah zu sein, wie bei den Kaninchen im Stall, wenn's draußen friert.

Zu Hause hieß es die ganze Zeit nur: »Das hat sie für uns getan«, »Wir sollten ihr dankbar sein«, »Was sie alles auf sich nimmt für die Familie« … Mich überzeugte das kein bisschen. Und wenn mein Vater Sachen sagte wie: »Sie wischt den Alten den Arsch ab, damit du studieren kannst«, hätte ich ihm am liebsten geantwortet: und damit du dich auf dem Sofa mit Bier volllaufen lassen kannst.

Ich hasste unseren Austausch über Sprachnachrichten, die ich auf dem Weg zur Schule hörte, und über Videocall nach dem Abendessen. Weil Moma in diesen abendlichen Telefongesprächen nämlich hunderttausendmal die gleichen Fragen stellte und so Sachen sagte wie: »Sag bloß, dir wächst schon ein Bart«, »Du siehst blass aus« oder »Wieso trägst du so einen Pulli zu deiner dunklen Hose?« Es ist wirklich kein Spaß, sich jeden Tag derartige Gespräche antun zu müssen. Klar, sie machte das, weil sie alles unter Kontrolle haben wollte, aber wer in ein anderes Land geht, muss sich damit abfinden, nicht zu wissen, ob meine Socken zum Schal passen! Und weil sie außerdem von sich nie was erzählte – »Ja ja, hier alles okay«, sagte sie mit einem aufgesetzten Lächeln –, gingen mir diese Anrufe irgendwann einfach nur noch auf den Sack. Zumal keiner von uns gern telefoniert. Papa hat noch heute Mühe dranzugehen, und wenn er einen am nächsten Tag zurückruft, ist das schon sensationell. Angelica und ich chatten lieber, wir reden nicht gern. Keiner von unseren Freunden redet gern. Und deshalb ging ich bei Moma nur dran, weil ich keine Lust auf die ständigen Standpauken meiner Schwester hatte. Aber auf die Dauer war es so anstrengend, dass ich kein Wort mehr rausbrachte, nur ab und zu ein Schnauben oder ein Ja oder Nein. Bestimmt war es nicht nur für mich eine Qual, auch für sie müssen die Telefonate mit ihrem Sohn mühselig gewesen sein.

Aber das Schlimmste war, dass Moma mir alles durchgehen ließ. Und als ich merkte, dass ich keinen Rüffel zu erwarten hatte, wurde ich erst recht einsilbig. Um geliebt zu werden, zwang ich mich, sie zu hassen. Ausgerechnet sie, die immer alles ausdiskutieren wollte, damit es keine Missverständnisse gab: »Solange das nicht geklärt ist, wird nirgendwo hingegangen!«, sagte sie immer. Und das hat sie ernstgemeint, früher. Bevor man sich nicht einig war, durfte man nicht vom Tisch aufstehen, es war verboten, aufs Handy zu schauen, nicht mal pinkeln gehen durfte man! Das Gegenteil von meinem Vater, der zuschlug oder in die Kneipe ging. Wenn Moma sich die Kehle heiser schrie, um sich zu erklären und eine Lösung zu finden, blieb Papa mit verschränkten Armen und zornig bebenden Nasenflügeln auf dem Sofa sitzen, bis er irgendwann plötzlich aufsprang und die Tür hinter sich zuwarf. Zwischen dem Zuschlagen der Tür und dem Geräusch der alten Dyane, die in einer Wolke aus Staub und Wut davonfuhr, vergingen genau acht Sekunden.

Ich muss gestehen, ich bin wie Papa. Vielleicht nicht ganz genau gleich, aber ich komme gut mit den Leuten aus, solange ich mich verstanden fühle, wenn nicht, dann können sie mich mal. Genau das ist zwischen Moma und mir passiert: Wir haben das Handtuch geschmissen. Die Zeit, in der wir bei laufendem Autoradio und mit heruntergekurbelten Fenstern Besorgungen machten, die Abende, an denen wir vor dem Fernseher saßen und Serien guckten, oder die Sonntagnachmittage, wenn sie sich neben mich setzte und mit mir Hausaufgaben machte, all das würde nicht mehr wiederkommen. Jetzt sah man selbst über das Handydisplay nur noch die Enttäuschung im Gesicht des anderen. Ein unbekanntes Schweigen drückte uns nieder, und ich wusste weder ein noch aus.

Unterdessen hatte meine Schwester Abitur gemacht und sich an der Uni für Architektur eingeschrieben. Um uns nicht allein zu lassen, fuhr sie immer zwischen zu Hause und Iaşi hin und her, vielleicht war es auch Moma, die sie dazu nötigte. Die Kurse gingen bis fünf, und Angelica kam immer mit dem Bus, der ewig Verspätung hatte. Sie schaffte es kaum noch zu lernen und war mürrisch geworden. Befehle erteilte sie keine mehr, sie machte alles selbst: wärmte das Essen auf, das Oma vorbeibrachte, stellte einem den Teller hin – wie einem Hund seinen Napf – und ging die Wäsche aufhängen. Die nervliche Verfassung eines Menschen kann man, finde ich, gut daran messen, wie er die Schubladen schließt: Meine Schwester knallte sie sehr laut zu.

Mit Moma redete ich inzwischen nur noch, wenn Angelica mir ihr Handy reichte. Wenn sie ausnahmsweise mal auf meinem anrief, baute sie gleich vor: »Ich störe, oder?«, »Hast du Lust, dich ein bisschen zu unterhalten?«, »Soll ich später anrufen?« Ich antwortete mit Gegenfragen. Sie: »Alles in Ordnung mit Oma und Opa?« Ich: »Schickst du mir ein Nike-Shirt?« Sie klang müde, hatte tief-blaue Ränder unter den Augen, doch ich sagte nichts dazu, weil man auf einem Display nie die Wahrheit erkennt. Aber das Erstaunlichste an den Telefonaten waren diese absurden Sätze, die mit einer Überzeugung ausgesprochen wurden, die ich völlig übertrieben fand: »Noch maximal ein Jahr, dann höre ich mit dieser Arbeit auf«, »Mailand ist schön, aber in Rădeni lebt man besser«, »Ich wette, auf dem Gymnasium wird's dir unheimlich gut gefallen.« Sie verstieg sich sogar zu der Aussage, wenn Angelica einmal heirate, könne sie doch zu-sammen mit ihrem Mann in die obere Wohnung ziehen.

»Und weißt du, was? Wir kaufen ein Stück Land dazu und bauen auch ein Haus für dich, dann leben wir alle zusammen, was hältst du davon?«

Ich weiß nicht, ob ich sie eher lächerlich oder bemitleidenswert fand. Das war jedenfalls nicht Moma, die da sprach. Glaubte sie wirklich, Papa würde sich weiter ein Bein ausreißen, nachdem er gerade mal eine Wand aus Gipskarton hochgezo-gen und ein bisschen alten Krempel weggeschmis-sen hatte? Das Baugerüst? Nie aufgestellt. Das Dachblech? Immer noch an Ort und Stelle, wo es im Wind schepperte.

Wenn sie so daherplapperte, ließ ich sie einfach

reden. Deshalb erfuhr sie es von Angelica: Eines Abends rief meine Schwester sie an und berichtete ihr, Papa sei weg. Er hatte eine Anstellung als Lastwagenfahrer gefunden und musste in Polen und Russland mit einem fünfzehn Meter langen LKW Waren von A nach B transportieren. Erst war Moma wie versteinert, und als sie schrie, das hätten wir ihr sofort sagen müssen, schrie Angelica noch lauter zurück: »Er hat's uns wenigstens vorher gesagt!«, und drückte sie einfach weg.

An den Tag, als Papa fortging, erinnere ich mich noch gut, alles ging ganz schnell. Nachdem die alte Dyane in einer Staubwolke auf die Asphaltstraße eingebogen war, sagte ich nur: »Minus zwei«, und ging zurück ins Haus.

An jenem Morgen fuhr Angelica nicht in die Uni, sie setzte sich zum Lernen in die Küche. Gegen Mittag brachte Oma uns einen Teller überbackenes Gemüse. Meine Schwester und ich setzten uns einander gegenüber an den Tisch und aßen still. Ohne Papa blieb der Fernseher aus.

»Sollen wir hochgehen und es uns mal anschauen?«, fragte ich und schob den Teller weg.

»Okay«, antwortete sie lustlos.

Die Tür rostete vor sich hin. Drinnen lag Werkzeug herum, Stapel von Ziegeln, Mörtelsäcke, und aus dem ausgebauten Fenster – das mit einer Plastikplane abgedeckt war – kam eine fiese Kälte herein. Marmeladengläser, Kleider und Kinderspielsachen … alles auf einem Haufen, wie Abfall. Der Bauschutt knirschte unter den Füßen, als würde man über Zucker laufen. Hätte Moma diesen Trümmerhaufen zu Gesicht bekommen, sie wäre ausgerastet, Ehrenwort. So, voller Staub und Spinnweben, war die Mansarde ein prima Sinnbild für geplatzte Träume und, natürlich, Familien. Dass Papa sich nun aus dem Staub gemacht hatte, kam auch nicht ganz aus heiterem Himmel, es war nur der Grabstein auf einer Ehe, die schon seit Jahren am Ende war, lange bevor Moma tat, was Dutzende Mütter aus Rădeni und den umliegenden Dörfern vor ihr getan hatten.

Wir durchwühlten Tüten und Kartons. Ich fand das Damespiel wieder, Angelica die Fotoalben. Das Foto, das ich seither in meiner Brieftasche trage, habe ich hier gefunden: Es zeigt mich und Moma auf der Motorhaube der Dyane, die wir soeben vom Händler abgeholt haben. Ich bin vielleicht sieben, Moma ist bildschön, mit langem Haar, einem roten Mantel und einem Arm um meine Windjacke, um mich warm zu halten. Ich bin glücklich, man sieht es an meinem Zahnlücken-Lächeln.

Angelica, die wie ich auf dem dreckigen Boden

saß, reichte mir ein anderes verblasstes Foto, wieder ich mit Moma. Auf der Rückseite eine Notiz in ihrer ordentlichen Handschrift: *Salzkorn, 2003.* Noch heute nennt sie mich manchmal so.

Plötzlich hörte ich meine Schwester schniefen.

»Was ist?«

»Ich hab's satt.«

»Was denn?«

»Alles!«

»Und ich alle«, antwortete ich und verzog die Mundwinkel nach unten, woraufhin sie lachen musste, obwohl ihr Tränen in den Augen standen.

Meine erste Zigarette habe ich zusammen mit ihr geraucht, dort in der Mansarde, in der eiskalten Zugluft, die unter der Tür hindurch kam, dem Wind, der die Plastikplane ausbeulte.

»Findest du das normal, dass er hier statt einer renovierten Mansarde einfach einen Saustall hinterlassen hat?«, fragte ich.

»Ich vermisse ihn trotzdem schon«, antwortete Angelica und versuchte, das Schluchzen zu unterdrücken.

Ehe wir wieder hinuntergingen, warf ich das Album, aus dem ich das Foto herausgelöst hatte, in den Karton, und da entdeckte ich den roten Bumerang, den von Opa Mihai. Er hatte ihn von Teodor anfertigen lassen, dem Tischler in Rădeni. Mit seinem klapperdürren Körper, der in dem karierten Hemd und der braunen Weste verschwand, hatte Opa mir beigebracht, wie man sich richtig hinstellt, Arme und Beine im richtigen Winkel.

»Das Spiel geht so«, hatte er mir erklärt. »Bevor du wirfst, musst du dir was wünschen. Wenn du es schaffst, ihn zu fangen, dann gibt es Chancen und Möglichkeiten.«

»Und wenn ich es nicht schaffe?«

»Wünschst du dir was anderes oder übst noch ein bisschen.«

Ich reichte den Bumerang Angelica. »Weißt du noch? Du warst auch ziemlich gut darin.«

Sie nahm ihn in die Hand, betrachtete ihn eine Weile und nickte, dann gingen wir nach unten. Wenn es nicht schon dunkel gewesen wäre, wären wir auf die Straße gegangen und hätten ihn geworfen.

Im Jahr darauf ist Angelica nach Iași gezogen. Sie schaffte es einfach nicht mehr, immer hin- und herzufahren, deshalb bat sie Moma um Erlaubnis, sich ein Zimmer im Studentenwohnheim zu mieten, und Moma sagte ja. Ich war inzwischen alt genug, um allein zurechtzukommen, und außerdem wohnten nebenan ja Oma und Opa. Also habe ich eine Woche später meine Schwester zur Haltestelle begleitet und mir, nachdem der Bus davongefahren war, eine Zigarette angezündet.

»Minus drei.«

Moma arbeitete mittlerweile nicht mehr schwarz als Altenpflegerin, sondern regulär als Kindermädchen. Ich hatte die Mittelschule abgeschlossen und ging jetzt – gerade fünfzehn geworden – aufs internationale Gymnasium. Moma war wahnsinnig stolz, dass ich auf diese Privatschule ging – »die beste in Iași« –, ganz im Gegensatz zu Oma Rosa, die, als sie im Briefkasten die Rechnung für das Schulgeld fand, große Augen machte und brummte, heutzutage müssten die Menschen arbeiten für etwas, das vor '89 für alle kostenlos gewesen sei.

»Das hat sich ja gelohnt!«, sagte sie immer wieder, während sie durch die Küche schlurfte, »das hat sich ja gelohnt ...«

In den ersten Wochen lernte ich bis spätabends, es machte mich wütend, wenn ich schlechte Noten bekam. In Geschichte stand ich ausreichend, in allen anderen Fächern schlechter, sogar in Sport. »Du rennst wie ein Pinguin«, hatte der Lehrer vor versammelter Klasse gesagt: »Glaub bloß nicht, dass du dir damit mehr Platz in der Welt verschaffst!«

Es ist nicht schwierig zu begreifen, warum es für mich so schlecht lief: Ich war der Einzige, der vom Land kam, ein Außenseiter, der keinen von den anderen kannte und auch nicht diese Art von Schule. Und ehrlich gesagt, war ich auch der Hässlichste von allen, lange Haare und mit jedem Tag mehr Pickel. Der Einzige, mit dem ich mich anfreundete, war genauso ein Einzelgänger wie ich, Petru Popa. Mit dem Unterschied: Er hatte Haare wie ein Stachelschwein, kam aus Iaşi und seine einzige Vier hatte er in Englisch. Ansonsten lauter Gemeinsamkeiten: Streuselkuchen im Gesicht, katastrophale Noten, Mutter Pflegekraft in Barcelona. »Die Verdammten« wurden wir genannt. Verdammt zum Sitzenbleiben, sollte das heißen. Petru machte das nichts aus, er hatte schon damit gerechnet, aber ich keineswegs, ich war mir sicher, meinen Notendurchschnitt heben zu können, wenn ich den Stoff

41

in den Weihnachtsferien nachholte. Außerdem hatte ich Moma einen Haufen Märchen über meine Leistungen erzählt und wollte sie trotz unseres Zerwürfnisses nicht enttäuschen. Allen erzählte ich Märchen, selbst Opa, der abends, während er seine Bohnensuppe schlürfte, fragte: »Wie geht's denn so in der neuen Schule, Junge?«

Und so habe ich in den Ferien, während draußen konfettigroße Schneeflocken fielen, ernsthaft versucht, den Stoff aufzuholen. Aber es waren Berge, und irgendwann fühlte ich mich davon erdrückt. Was fehlte, war Moma am Küchentisch, gerade auf dem Stuhl sitzend, die Packung Camel neben sich. Das wäre eine ganz andere Geschichte gewesen, da hätte ich mit offenen Karten gespielt und zu ihr gesagt: Hör mal, Moma, ich weiß nicht, was los ist, aber ich bin nicht mehr so gut, dass ich die Hausaufgaben allein schaffe, kannst du mir bitte helfen? Aber wer weiß, ob Moma überhaupt noch an mich dachte oder ob sie wirklich eine blöde Kuh geworden war, die sich das Gewissen erleichterte, indem sie uns zum Monatsende etwas Geld schickte. Wahrscheinlich sah sie schon ganz anders aus, redete und roch anders. Wahrscheinlich ging sie mit einem Italiener ins Bett oder prostituierte sich in irgendeinem Nachtclub in Mailand, und wir interessierten sie höchstens noch am Rande.

Seit ich mit Petru Popa befreundet war, rauchte ich Haschisch, das ich hinterm Bahnhof kaufte, wo die Wettbüros waren und die Busse nach Italien abfuhren. Einmal, als ich allein zu Hause war, rauchte ich ein paar Joints nacheinander, und plötzlich packte es mich, ich rief sie an und schrie: »Du meinst, du tust uns was Gutes, aber du ziehst nur dein Ding durch!«

Das gab einen Mordskrach … Angelica kam mitten unter der Woche nach Rădeni, brüllte rum, ich hätte wohl den Verstand verloren, und Moma rief die Großeltern an und erzählte ihnen alles brühwarm.

»Das war ungerecht von dir«, tadelte Opa Mihai mich mit leiser Stimme und befahl mir, aus dem Waggon zu kommen.

Ungerecht hatte mich noch nie jemand genannt.

Eines Tages lud ich Petru zu mir ein, und kaum war er eingetreten, zog er eine Flasche Trester aus dem Rucksack. Wir tranken sie zur Hälfte aus, und um sechs stiegen wir in den letzten Bus nach Iaşi. Wir aßen ein Sandwich im Stehen, dann trieben wir uns den ganzen Abend herum. Nachdem wir die Flasche geleert hatten, kauften wir eine neue, und irgendwann wollten wir in eine Disko: Der Türsteher hat uns nur ausgelacht und vom Eingang weggeschubst.

»Haben wir die Krätze oder was?«, sagte Petru und kickte einen Stein nach ihm, traf aber nicht.

»Die haben schon recht, die Ärsche in der Schule: Wir sind echt zwei Verdammte.«

Weder meine Großeltern noch Petrus Onkel und Tante kriegten mit, dass wir nicht da waren, und als wir im Morgengrauen nach Hause kamen, schliefen wir bis zum Abend. Montag beim Mathetest gaben wir ein weißes Blatt ab, ich hatte Kopfschmerzen und schrieb nicht mal die Dinge hin, die ich wusste.

Nachdem wir uns ein paar Samstage in der Stadt besoffen hatten, beschloss ich, meinem Leben eine Wende zu geben. Und so ging ich eines Tages nicht zu Oma und Opa zurück, sondern tauchte im Studentenwohnheim bei meiner Schwester auf.

»Ich will bei dir wohnen.«

»Kommt gar nicht in Frage.«

»Und warum nicht?«

»Weil hier nur Studenten wohnen, und du bist noch ein Schüler.«

»In Rădeni ist es langweilig, immer nur Nebel, und die Sonne geht schon um vier unter.«

»Hier auch.«

»Ich werd dir nicht zur Last fallen, ich versprech's.«

»Wenn du mir nicht zur Last fallen willst, dann fahr zurück nach Hause.«

Ich rief Moma an und bat sie, Angelica zu überreden. »Ich kann nicht länger hin- und herfahren, wann soll man denn da lernen?!«

Meine Schwester hätte Gott weiß was gegeben, um mich loszuwerden, aber sie hat mich nie allein gelassen. Wenn abends ihre Freundinnen vorbeikamen und mit ihr ausgehen oder lernen wollten, lehnte sie immer ab.

An einem dieser Abende beichtete ich ihr, dass ich in der Schule »der Verdammte« genannt wurde.

»Angi, ich glaub, die lassen mich durchfallen.«

»Ach hör doch auf, das ist nicht witzig.«

»Ich mein's ernst.«

Sie wollte mir nicht glauben, und da ließ ich die Katze aus dem Sack und erzählte ihr, wie sehr mich die internationale Schule ankotzte und dass ich nur Petru Popa als Freund hätte, während Moma felsenfest davon überzeugt sei, alles liefe bestens.

Angelica wurde bleich und brüllte los. »Himmelherrgott noch mal, Manuel, du bist unmöglich! Du bist verwöhnt und bockig, und ein Lügner bist du auch! Tu mir den Gefallen und geh zurück nach Rădeni. Bleib bei Opa und lass mich in Frieden, ich will nichts mehr hören!«

»Angi, bitte«, sagte ich und versuchte sie zu umarmen.

»Verschwinde!«

Ich aber verfolgte sie durchs Zimmer und hielt sie schließlich von hinten mit den Armen fest. Nach ein paar Versuchen, sich zu befreien, ergab sie sich, und da Moma uns gerade etwas Taschengeld geschickt hatte, überredete ich sie, in einer nahegelegenen Kneipe ein Bier trinken zu gehen.

In dieser Nacht haben wir in einem Bett geschlafen wie damals, als Kinder.

Manche Tage ging ich in die Schule, andere nicht. Die Lehrer hatten uns in die hinterste Reihe gesetzt. Dass Petru Popa und ich die Verdammten waren, wussten mittlerweile selbst die Hausmeister. Wir waren Einrichtungsgegenstände der Klasse 1a wie die Landkarten oder die Pläne für die Gruppenarbeit. Im Unterricht legten wir einen Schal aufs Pult und spielten Würfel, näherte sich die Pause, drehten wir Zigaretten. Die anderen sahen abschätzig zu uns herüber, und mich wundert jetzt noch, dass ich mich nie geprügelt habe, nicht mal mit den Schülern aus der Nachbarsklasse, denen wir in der Pause auf dem Flur begegneten. Mann, bist du'n Wrack, sagten ihre Gesichter. Und sie hatten recht: Petru hatte mich geistig bestimmt nicht in neue Sphären gehoben, und ästhetisch auch nicht. Ich lief in zerfetzten Hosen herum, einem Cap voller Abzeichen am Visier, dunklen Hoodies und Schuhen ohne Schnürsenkel. Beim Wäscheaufhängen betrachtete meine Schwester sie angewidert.

Ich war gern bei Angelica im Studentenwohnheim, tut mir echt leid, wenn es für sie eine schlimme Zeit war, denn ich habe auf jede erdenkliche Art versucht, mich nützlich zu machen: Während sie in der Vorlesung war, putzte ich das Zimmer, wenn sie mit schlechter Laune zurückkam, ließ ich sie in Ruhe und organisierte etwas zum Abendessen. Sie revanchierte sich, indem sie die Schule nicht erwähnte. Raus ging ich nur samstagabends und schwor, immer auf das Telefon zu achten.

»Mach mir keinen Ärger, ich hab so schon genug Sorgen.«

»Keine Bange, ich stell das Klingeln immer auf volle Lautstärke«, erwiderte ich, um sie zu beruhigen.

Wenn ich betrunken oder stoned zurückkam, meinte Angelica nur, ich solle es nicht übertreiben, aber sie hielt mir nie eine Gardinenpredigt, das Leben in Iaşi hatte sie verändert. Außerdem liefen im Studentenwohnheim ein paar brutal bekiffte Typen rum, und ich bin mir sicher, dass der ein oder andere ihr gefiel, ich kann nicht mal ausschließen, dass sie an manchen Abenden, wenn sie erst spät heimkam und ich schon auf der Luftmatratze schlief, mit ihnen ins Bett ging.

Hätte ich nicht diesen Mist angestellt, wären wir vielleicht auch nach der Schule zusammen wohnen geblieben.

Petru und ich gingen noch einmal zu der Disko,

weil wir uns dort mit zwei Mädchen treffen wollten, die in einer kirchlichen Einrichtung lebten. Das Lokal war ein Tipp von Angelica gewesen, weil Mädchen da freien Eintritt hatten und Jungs samstags nur fünf Euro zahlten. Irina und Anita stahlen sich abends heimlich aus dem Heim und trampten in die Stadt. Wir hatten sie an einem Kebab-Stand kennengelernt. Auch ihre Eltern waren irgendwohin verschwunden, wie bei allen, die in dieser Einrichtung lebten. Petru meinte, mit denen könne man vögeln. Also kauften wir uns nicht wie sonst immer Pakistani und eine Flasche Schnaps, sondern zahlten brav den Eintritt, setzten uns auf ein kleines Sofa und hielten Ausschau.

Als Irina und Anita eintrafen, schnellten wir wie die Springteufel hoch, spendierten ihnen was zu trinken und gingen zusammen auf die Tanzfläche. Irgendwie mussten sie noch armseligere Typen als uns kennen, denn ihre Blicke verrieten keine Abscheu. Mit Irina konnte ich mich sogar richtig gut unterhalten, ein paarmal sind wir raus an die frische Luft gegangen und haben ein bisschen geredet. Sie war blond, hatte lange, duftige Haare, durch die ich gern mit meinen Fingern gestrichen wäre, eine schmale Taille und glatte Beine. Die Lippen kirschrot geschminkt.

»Mein Vater arbeitet als Maurer in Deutschland,

aber ich hab ihn noch nie gesehen, vielleicht gibt es ihn gar nicht«, sagte sie und blies den Rauch der Zigarette auf eine Art aus, die ich vulgär und zugleich süß fand.

»Meiner ist LKW-Fahrer, aber der redet sowieso immer nur Scheiß, der könnte genauso gut Zirkusclown sein.«

Da musste sie lachen, und ich weiß noch, dass ich in diesem Augenblick gedacht habe: Vielleicht ist Irina so wie ich. Ich bin noch nie richtig verliebt gewesen, deshalb weiß ich nicht genau, wie das ist, aber ich bin ziemlich sicher, dass mir an jenem Abend etwas in der Art widerfahren ist.

Ich konnte keinen klaren Gedanken mehr fassen, tanzte ungelenk und konzentrierte mich mit aller Macht darauf, von ihren Lippen zu lesen, wenn sie in dem Höllenlärm auf der Tanzfläche etwas zu mir sagte.

»Wie lange musst du in der Einrichtung bleiben?«, schrie ich.

»Bis ich achtzehn bin«, antwortete sie, die Hände wie einen Trichter vor den Mund haltend.

»Und wenn ich ein Auto klaue und dich holen komme, haust du mit mir ab?«

»Na logo«, sagte sie, ohne die Worte voneinander zu trennen. »Obwohl du nicht aussiehst wie einer, der weiß, wie man Autos klaut.« Sie lachte, dann kam sie näher und gab mir einen Kuss, kurz wie der Schnabelhieb eines Spatzen.

Es war unmöglich, sich dort drinnen zu unterhalten, ich hörte echt mein eigenes Wort nicht, und schon gar nicht das Handy, das in meiner Tasche klingelte. Auf Petru konnte ich natürlich auch nicht zählen, der schwebte ebenfalls auf Wolke sieben und konnte gar nicht fassen, dass Anita ihm zuhörte. Dazu kam, dass ich, während ich ganz mit Liebesdingen beschäftigt war, Gin Tonic trank wie Wasser aus der Leitung und immer für Irina mitbestellte, die vielleicht kein Geld für Sex wollte, wie Petru der Schwachkopf meinte, dafür aber nichts dagegen einzuwenden hatte, wenn man ihr Cocktails spendierte.

So ging es weiter, bis wir um sechs Uhr morgens im ersten Tageslicht Hand in Hand die Disko verließen, als träten wir vor den Traualtar.

Draußen wurde ich von Angelica und Opa Mihai erwartet, die stocksteif dastanden wie zwei Soldaten.

»Seit drei Stunden versuchen wir dich zu erreichen«, sagte Opa.

»Das Telefon!«, brüllte Angelica.

Ich weiß nicht, was mich in der Dämmerung jenes Frühlingsmorgens mehr bekümmerte: dass meine Schwester weinte und mein Opa ein so finsteres Gesicht machte oder dass ich mich von Irina trennen musste.

»Entschuldige, ich muss gehen, ich erklär's dir später«, stammelte ich, während ich meine Hand aus ihrer zog und mein Herz so schnell schlug, als hätte ich einen Sprint hinter mir. Es waren die letzten Worte, die ich zu ihr sagte. Danach habe ich sie nie mehr wiedergesehen.

Ich stellte mich vor Opa Mihai auf, bat um Verzeihung und kniff die Augen zu, weil ich eine Ohrfeige von ihm erwartete. Vielleicht war es die Aufregung, vielleicht war es die Kälte, jedenfalls musste ich mich plötzlich übergeben. Statt mich zu ohrfeigen, wie mein Vater es getan hätte, wischte er mir nur mit seinem Stofftaschentuch den Mund ab.

Wir kehrten ins Studentenwohnheim zurück, und Opa wies meine Schwester an, eine Tasche mit meinen Sachen zu packen. Dann zog er mich aus und stellte mich unter die Dusche. Ich protestierte, doch er ließ sich nicht aufhalten und richtete wortlos den eiskalten Strahl auf meinen Hals, meine Rippen, meinen schlaffen Penis.

»Abtrocknen«, sagte er und warf mir ein Handtuch zu.

Und dann gingen wir zusammen durch den kalten Morgen zur Bushaltestelle.

Zu Hause stellte Oma mir einen Teller Kartoffelsuppe hin und nötigte mich, sie mit einem Stück Brot zu essen. Ich wollte nicht, aber auch Opa bestand darauf. Danach streichelte ich eine Weile die Katze, die sich auf der Ofenbank zusammengerollt hatte, und ging dann zum Schlafen in Momas Kinderzimmer, das die Großeltern unverändert gelassen hatten, wie damals, als sie noch bei ihnen lebte.

Ich schloss die Läden, und während ich die Lichtstreifen betrachtete, die hindurchfielen, begann ich zu weinen, was mir schon seit Jahren nicht mehr passiert war. Nicht wegen Angelica, nicht wegen Opa Mihai, nicht wegen dem, was ich angestellt hatte, und auch nicht wegen Moma. Ich weinte einzig und allein um Irina.

In die Schule ging ich nicht mehr, ich blieb bei meinen Großeltern: ohne Petru, ohne Disko und ohne Irina, der ich ein paar Mails schrieb, ohne sie abzuschicken. Mein einziger Freund war jetzt Opa Mihai, verglichen mit Petru eine ziemlich krasse Veränderung. Die Abmachung lautete, dass ich ihm im Gemüsegarten zur Hand ging und allgemein seinen Anweisungen Folge leistete.

»Sonst bringe ich dich ins Heim.«

»Nach Iaşi?«, fragte ich hoffnungsvoll.

»Nein, irgendwo anders hin. Um Iaşi machst du vorläufig besser einen Bogen.«

Jeden zweiten Abend rief ich Moma an, obwohl ich keine Lust hatte, mit ihr zu sprechen, aber Angelica hatte mich gebeten, mich zu überwinden. Sie leide unter unserer Funkstille und mache eine schwere Zeit durch, seit sie nicht mehr Kindermädchen sei. Um Moma nicht zu beunruhigen, spielten die Großeltern die Sache mit der Schule mit, ich sollte das im Sommer mit ihr unter vier Augen klären. Im internationalen Gymnasium wollte ich jedenfalls nicht bleiben, ich wollte jetzt auf die Landwirtschaftsschule.

In dieser Zeit brachte Opa Mihai mir vieles bei: wie man den Garten in Ordnung hält, wie man Geranien in Bohnenbüchsen zieht, wie man Schnittabfälle verbrennt. Ich mochte es sehr, den Rauchfahnen zuzusehen, bevor ich die Überreste über die Erde verstreute ... Ein paar Mal nahmen er und die anderen aus dem Dorf mich zur Obsternte mit, das Geld, das ich verdiente, durfte ich behalten. Wenn er mich müde und hungrig zum Abendessen erscheinen sah, kommentierte er: »Arbeiten tut gut. Es gefällt dir, das sieht man.«

Auch Angeln habe ich von ihm gelernt. Sonntags oder manchmal nachmittags, wenn es zu heiß für die Gartenarbeit war, zogen wir los. Wir mussten Köder vorbereiten, Brotstückchen, Würmer, Haken. Auf gar keinen Fall durften wir etwas vergessen, und Opa ermahnte mich, bei allem, was ich tat, sorgfältig zu sein.

Am See saßen wir stundenlang auf unseren Klappstühlen, den Strohhut auf dem Kopf. Ich lauschte auf das Geräusch des Wassers, folgte dem Flug der Vögel, die über uns hinwegsegelten, und dachte an Irina. Opa Mihai betrachtete den Himmel, und wenn er die Augen zusammenkniff, wurde sein Gesicht faltig wie Leder. Ich fühlte mich geborgen, mit ihm zusammen dort an diesem See mit all dem Wasser. Alles schien weit weg. Die Zeit, als

Papa noch bei uns war und Moma für mich gesorgt hatte, war fast nicht mehr wahr.

Im Juni wurden die Zeugnisse ausgegeben, Petru und ich blieben danach noch ein bisschen auf der Schultreppe sitzen und betrachteten sie, dann gab er mir zur Aufmunterung einen Klaps auf den Arm, und wir schlugen den Weg neben den Gleisen ein, an den mit Graffiti übersäten Mauern entlang. Neben den Oberleitungsmasten, wo die Störche ihre Nester bauen, blieben wir stehen. Petru wollte Klebstoff sniffen, aber ich hatte keine Lust dazu, mir reichte mein Pakistani, den ich mir rücklings auf einen Stein gefläzt reinzog.

Oma und Opa und auch Angelica wollten es Moma nicht sagen, aber da hab ich nicht mitgespielt. Ich bin in den Garten und hab sie angerufen.

Sie war gerade mit Oreste unterwegs, dem Alten, bei dem sie zuletzt war.

»Moma, ich bin sitzengeblieben.«

Ich weiß nicht, warum, aber irgendwie musste sie schon damit gerechnet haben, denn sie hat nicht rumgebrüllt. Es tue ihr leid für mich, hat sie gesagt, und dass es ihre Schuld sei.

»Hätte ich dir helfen können, hättest du es vielleicht geschafft, aber ich muss ja hier im Exil bleiben.«

»Mit dir hätte ich es geschafft, Moma.«

»Nächstes Jahr läuft es bestimmt besser.«

»Ja, aber ich möchte die Schule wechseln.«

Da ist sie auf einmal doch ausgerastet und hat mit ihrer durchdringenden Stimme unablässig auf mich eingeredet, dass dies die beste Schule der Stadt sei und sie sich seit Jahren abschufte, um uns das Beste zu ermöglichen.

»Lernen ist der einzige Weg, um nicht so zu enden wie ich und dein Vater, begreifst du das?«

Ich ließ sie toben und sagte dann, es sei ja nur eine Idee, wir könnten noch mal drüber reden, wenn sie wieder hier sei. In Wirklichkeit war der Plan schon gefasst, diesen Leuten – dieser Schule mit ihrem Stoff und ihren Lehrern – den Rücken zu kehren. Wenn ich unser Grundstück und unser leeres Haus so betrachtete, dachte ich, wie schön es wäre, im Garten zu arbeiten und Ferien auf dem Bauernhof anzubieten. Klar, Feriengäste gibt es keine in Rădeni. Nicht mal mehr Menschen gibt es noch hier, ein paar Alte sind noch da wie Opa Mihai – und ein paar vereinzelte Kinder wie ich. Alle gehen von hier weg, ich weiß. Aber vielleicht wird sich das eines Tages wieder ändern, und die Mütter, die im Ausland arbeiten, kommen zurück, und die Leute lernen diese Gegend zu schätzen. Auch von der Diktatur hat man gedacht, sie würde nie enden. Jedenfalls, seit ich bei Oma und Opa lebe, kommt Rădeni mir unheimlich schön vor … Der See, die Sonnenblumen, die blauen Berge, die bunten Klöster, und nur einen Steinwurf entfernt liegt Moldawien, das Oma den »Garten der Sowjetunion« nennt. Vielleicht wird es so geschehen wie mit den halbtoten Pflanzen, die die Nachbarn ihr bringen, weil sie so einen grünen Daumen hat.

»Was mühst du dich ab, wenn sie kaum mehr zu retten sind?«, fragt Opa sie manchmal.

»Und was kostet es dich, ihnen ab und zu ein bisschen Wasser zu geben und mit ihnen zu sprechen?«, erwidert Oma Rosa, während sie mit zwei Fingern die Erde im Topf befühlt. Und ein paar Wochen später sind sie wieder da: aufrecht, strahlend, neu ergrünt.

Als Opa von meinem Plan, Ferien auf dem Bauernhof anzubieten, erfuhr, schüttelte er den Kopf.

»Warum tust du so? Findest du das blöd, oder was?«

»Nein, Manuel. Die Idee ist gut, aber es wird nicht leicht.«

»Vielleicht war's unter den Kommunisten einfacher.«

»Aber was redest du da …«, fuhr er auf. »Die haben Träume nicht mal zugelassen.«

»Ich will nicht von hier weg, wozu auch? Um

Lastwagen zu fahren wie Papa oder Alte zu pflegen wie Moma?«

»Mit einer guten Ausbildung musst du solche Arbeiten nicht machen.«

»Ich will aber nicht mehr in die Schule.«

»Wenn du die Schule abbrichst, tust du deiner Mutter sehr weh, das weißt du.«

»Ja, aber wenn ich auch noch weggehe, wird niemand das Dach decken, nur noch der Baum wird das Haus schützen. Wer passt auf unsere Häuser auf, wenn alle gehen?«

Opa stützte sich auf die Harke, lockerte das Tuch, das er immer eng um den Hals trug, wischte sich mit dem Handgelenk den Schweiß ab, der ihm von der Nase tropfte, und sah mich aufmerksam an: »Ich könnte auch nicht woanders leben als hier, Junge. Was die Leute Fortschritt nennen, kommt mir wie ein Unfug vor, der die Menschen nur schlechter gemacht hat. Aber ich bin ein alter Mann, wenn ich so alt wäre wie du, ich würde nicht hierbleiben und auf diese sterbende Welt bauen.«

Moma war ein ganzes Jahr nicht mehr nach Hause gekommen. Sie wirkte sehr verändert, das T-Shirt, das wir ihr zum Geburtstag geschenkt hatten, schlabberte an ihrem Körper. Ich schämte mich für meine bösen Unterstellungen.

»Isst du auch genug in Mailand?«, fragte Oma Rosa.

»Ich habe nie viel gegessen, das weißt du doch«, antwortete Moma und sah woanders hin.

»Früher hattest du volle Wangen, jetzt sind sie ganz eingefallen«, fügte Opa hinzu.

»Vergiss nicht, Daniela«, redete Oma auf sie ein, »selbst wenn du in einer Familie landest, die dich mit Gold überschüttet, keiner kümmert sich um die, die sich kümmern. Also pass auf dich auf, haben wir uns verstanden?«

»Ich pass schon auf mich auf, Mama, keine Sorge«, sagte Moma und wechselte schnell das Thema.

Dass ich sitzengeblieben war, damit hatte Moma sich abgefunden; mit der Vorstellung, die Schule zu wechseln, nicht. Sie wollte auf Teufel komm raus, dass ich das Jahr in diesem verdammten Privatgymnasium wiederholte: »Wozu führe ich dieses Leben, wenn du dich nicht anstrengst? Weißt du noch, wie gut du in der Mittelschule warst?«

»Ja, aber ich hab mich verändert.«

»Als Kind hast du gesagt, du wolltest Lehrer werden.«

»Moma, das sagt man halt so. Ich hab auch gesagt, ich will Profi bei Steaua werden, dabei kann ich den Ball keine zwei Mal hochhalten!«

»Machen wir es so«, schloss sie und zündete sich

eine Zigarette an. »Lass uns noch ein bisschen darüber nachdenken, und entscheiden tun wir, bevor ich wieder fahre.«

Ich beharrte nicht darauf, die Leier kannte ich zur Genüge, das lief immer auf dasselbe hinaus: Du kannst tun und lassen, was ich will.

Also haben wir die Sache nicht mehr erwähnt. Moma hatte viel zu tun, bestellte Elektriker und Maurer, um Reparaturen im Haus erledigen zu lassen, und vom Markt kam sie jedes Mal mit Geschirr und kleinen Dingen zurück, mit denen sie Küche und Wohnzimmer schmückte, oder mit Holzrahmen, in denen sie ihre alten Aquarelle aufhängte, wie Angelica und ich ihr geraten hatten.

Fast einen Monat haben wir zusammen zu Hause verbracht, und das Haus war jeden Tag erfüllt von den Düften der Sachen, die sie für uns kochte. Meine Schwester und ich waren verrückt nach italienischem Essen, wenn es nach uns gegangen wäre, hätten wir uns nur von Tagliatelle mit Bolognese und paniertem Schnitzel ernährt. Ihre Freundin Anna war ebenfalls für die Ferien nach Rădeni zurückgekehrt, und mit ihr saß Moma – in ärmellosem Kleid und mit Ledersandalen – Stunden in der Küche und redete, oder sie fuhren zusammen mit dem Fahrrad durch die Obstgärten. Die Zeit mit Anna brachte den Glanz in Momas Augen zurück.

Eines Nachmittags, als Moma und ich in der Mansarde ein bisschen saubermachten, erzählte ich ihr, dass ich ein Bed and Breakfast oder einen Ferienbauernhof aufziehen wollte.

»›Zum Waggon‹ werde ich ihn nennen, Opa zu Ehren«, sagte ich überschwänglich.

Sie lachte und nahm mich in die Arme.

»Hör auf, mich so zu behandeln!«, schrie ich und stieß sie von mir.

»Hey, beruhige dich, ich wollte dich doch nur umarmen!«

»Du behandelst mich, als wär ich ein Vollidiot!«

»Ich möchte dir nur zeigen, wie lieb ich dich habe!«

»Dann lass mich die Schule wechseln.«

»Hör zu, Manuel, das hast du dir jetzt in den Kopf gesetzt, aber schon morgen wirst du es anders sehen. Auf dem internationalen Gymnasium lernst du Sprachen, dann kannst du studieren, was du willst, alle Wege stehen dir offen. Glaubst du wirklich, als Bauer in Rădeni könntest du glücklich werden? Komm, Schatz, sieh es doch ein!«

Ich trat ans Fenster und betrachtete den sonnenbeschienenen Pfad. Es ging mir besser, wenn ich ihr den Rücken zudrehte.

Dann ging ich nach unten und wartete unter der Pergola, dass es Zeit fürs Essen wurde. Als wäre

nichts gewesen, begann Moma, den Tisch zu decken und über belangloses Zeug zu plappern, doch
ich wollte nicht mal ihren Blick kreuzen. Um sieben kamen die Großeltern, die zum Glück immer
mit uns zu Abend aßen. An diesem Abend war
auch Mario dabei, der Nachbar, der Opa Mihai in
der Nacht der Disko nach Iaşi gefahren hatte. Ich
mochte Mario, mit seinem abstehenden Schnauz-
bart und seinem bärigen Lachen.

Angelica fiel es noch schwerer als mir, mit Moma
zu reden, sie war so obsessiv. Schule, Geld, Essen,
Hausputz … sie regte sich über alles auf, über Krü-
mel auf dem Tisch genauso wie über Katzenhaare
an den Kleidern. Vor dem Schlafengehen teilten
wir uns eine Zigarette unter der Pergola. Heimlich,
denn wenn Moma erfahren hätte, dass wir rauchten, hätte es eine endlose Standpauke gesetzt, während der sie natürlich eine Camel nach der anderen
geraucht hätte.

Es wurde September, und die Schule ging wieder
los, welche, ist ja klar. Obwohl ich das ganze Jahr
damit verbrachte, aus dem Fenster zu schauen und
zu würfeln, kam ich durch, weil ich vieles halt
schon wusste. In der Klasse war ich ein Niemand,
die Schüler aus der 1c waren identisch mit denen
aus der 1a im Jahr zuvor, aber sie ließen mich in

Ruhe. Und mir war es recht so. Moma hatte ein Passwort, mit dem sie meine schulische Performance kontrollieren konnte, und schrieb den Lehrern Mails, um aus der Ferne Informationen über mein Betragen und meine Leistungen einzuholen. Wenn ich die Hausaufgaben fertig hatte, spielte ich ein bisschen Nintendo, las einen Comic und ging dann in Opas Gemüsegarten. Petru sah ich nur selten – manchmal aßen wir nach der Schule gemeinsam ein Brötchen –, aber abends ging ich nicht mehr aus. Ich stand unter Sonderbewachung, Fehlverhalten ausgeschlossen.

Die Nachmittage waren endlos, stundenlang lag ich auf dem Bett und starrte an die Decke. Ich dachte an Moma, die so weit weg war, manchmal an Papa, wie er mit seinem Laster über die verlassenen sibirischen Straßen fuhr, oder an Angelica, die bestimmt nicht studierte, um den Rest ihres Lebens oben in der Mansarde zu verbringen. Aber mir war das inzwischen alles egal. Ich kam mir vor wie der Einzige, der sein Leben nicht in Angriff nehmen konnte. Die können mich alle mal, sagte ich mir, aber ohne den Zorn von früher. Wenn ich überhaupt mal die Fäuste ballte, dann bei der Erinnerung an die Nacht mit Irina und der Vorstellung, wie sie in der Diskothek jetzt mit einem anderen tanzte. Oder nein, bei der Vorstellung, wie sie mit einem anderen eine Zigarette rauchte und ihm all die Dinge erzählte, die sie mir anvertraut hatte, und wie sie den Rauch auf diese vulgäre und zugleich süße Art ausstieß, die sich mir unauslöschlich eingeprägt hatte. Wohingegen ihr der pickelige Loser von damals, der ihre Hand losgelassen hatte und zu seinem Opa gerannt war, bestimmt nicht fehlte. Manchmal durchstöberte ich die sozialen Medien, die Adressen der kirchlichen Einrichtungen und Gotteshäuser in Iaşi, aber es war zwecklos. Ich wusste ihren Nachnamen nicht, ich wusste ihre Adresse nicht, ich wusste auch den Nachnamen ihrer Freundin nicht – gar nichts wusste ich! Abends vor dem Schlafengehen dachte ich an sie und befriedigte mich, aber danach fühlte ich mich nur noch mieser. Leer.

Petru hatte ein gebrauchtes Moped gekauft, ein richtiges Wrack. Sein Cousin hatte es für ihn wiederhergerichtet und den Vergaser einer Hundertfünfundzwanziger eingebaut. Wie ein Hubschrauber dröhne es, erzählte er mir überschwänglich am Telefon, und sein Cousin sei zwar ein Spinner, weil er spiritistische Sitzungen abhalte, aber auch ein wahnsinnig guter Mechaniker.

»Was hältst du davon, wenn ich mal zu dir rauskomme?«

Eines Samstags hörte ich ihn von der Straße her kommen. Das Ding machte einen derartigen Höllenlärm, dass es ein Wunder war, dass Opa nicht auf den Hof herauskam, und so machten wir eine Probefahrt zur Holzkirche. Petru ließ mich hinter sich aufsitzen, dann hielt er mir einen langen Vortrag, wie man die Kiste zu fahren habe, als handelte es sich um eine Boeing, und schließlich rang er sich durch, mich auch mal an den Lenker zu lassen. Als ich den Wind im Gesicht spürte und die Felder an mir vorbeirasen sah, waren die Gedanken plötzlich wie weggeblasen.

Wir fuhren, bis es dunkel wurde, und Petru

fragte, ob er bei mir übernachten könne. Oma und Opa erlaubten es. Bei mir zu Hause gossen wir uns eine Flasche Wein hinter die Binde und dann ein paar Schnäpse, rauchten in der Küche, weil es draußen zu kalt war, schauten uns dazu ein paar Pornovideos im Internet an und spielten Nintendo, bis wir auf dem Sofa einpennten.

Am nächsten Morgen erzählte Petru, seine Noten an der Handelsschule seien zwar auch ganz passabel, es sei ihm aber völlig wurscht.

»In die Schule gehen ist wie eine Arznei schlucken, schmeckt Scheiße, aber du tust es«, sagte er achselzuckend.

»Gefällt's dir auf der Handelsschule auch nicht? Also, wenn ich auf die Landwirtschaftsschule gehen dürfte, ich wär Klassenbester.«

Aber ob diese oder jene Schule, darum ging's bei ihm nicht. Er lernte einfach nicht gern.

»Und was tust du gern?«

»Weiß nicht.«

»Würdest du lieber arbeiten gehen?«

»Nie im Leben!«

»Was denn dann?«

»Wirst sehen, dieses Jahr werde ich versetzt, im nächsten Jahr lassen sie mich dann wieder sitzenbleiben und schicken mich mit einem Arschtritt arbeiten.«

Manchmal machte es mir Angst, dass er mein einziger Freund war. Anna sei ihr Spiegel, sagt Moma immer, aber bei dem Gedanken, Petru wäre meiner, fühlte ich mich echt als Versager.

Ich überstand das erste Jahr mit Ausreichend, mehr konnte man von mir inzwischen nicht mehr verlangen, denn dieses Gymnasium war für mich wirklich wie eine bittere Arznei. Wohl fühlte ich mich nur mit Opa.

Aus eigenem Antrieb hatte ich den Waggon in Ordnung gebracht, hatte ihn aufgeräumt und geputzt und dafür Opa dazu überredet, die Arbeiten in der Mansarde wiederaufzunehmen. Wir bauten das Fenster wieder ein, kratzten die Wände ab und gossen den Unterboden für die Fliesen.

Opa Mihai war der Mensch, der mir am nächsten stand. Manchmal sah ich ihn an und hätte am liebsten zu ihm gesagt: Ich bin so froh, dass es dich gibt. Und deshalb war mir, als ich ihn am Nachmittag des zehnten September vor der Tür zum Waggon auf dem Boden liegen sah, als würde ich ertrinken. Da reichte es nicht mehr zu sagen: »Minus vier«, und mir eine Zigarette anzuzünden. Absolut nicht. Opa Mihai war der Letzte gewesen, der mir geblieben war. Ohne Opa war das alles wirklich nicht zu ertragen.

Darüber, wie ich versucht habe, ihn wiederzubeleben, wie der Krankenwagen kam, über Mario, Angelica, Moma möchte ich echt nicht sprechen. Lieber möchte ich erzählen, dass ich – nachdem sie Opa in seinem Kiefernsarg eingeäschert und uns in einer schrecklichen Urne aus falschem Gold zurückgegeben hatten, nachdem Moma wieder nach Italien abgereist und Papa in der alten Dyane wieder weggefahren und Angelica erneut nach Rădeni gezogen war, um sich um mich zu kümmern – weiter aufs Gymnasium ging, annehmbare Noten bekam und viel Zeit im Gemüsegarten verbrachte. Ich wollte alles in Ordnung halten, so wie er.

Ich tue alles mit Aufmerksamkeit und Sorgfalt. Am Sonntagmorgen bin ich schon um acht in den Beeten, und manchmal arbeite ich so lange, wie es hell genug ist. Der Waggon ist jetzt wie neu, ich habe ihn mit Rostschutzfarbe gestrichen. Drinnen riecht es nicht mehr nach Schimmel, und aus den Blumenkästen sprießen Löwenmäulchen, Opas Lieblingsblumen. Auch den Holzschuppen habe ich in Ordnung gebracht und das Brennholz für den Winter gestapelt. Während ich die Pflanzen versorge, betrachte ich unser Haus: »Dich werde ich auch reparieren«, sage ich, während ich mit der Hacke die steinige Erde bearbeite. Manchmal, beim Gießen, höre ich seine Stimme: Die Idee ist gut, aber es wird nicht leicht. Dann wieder träume ich, dass er zu mir spricht: Keine Bange, Junge, bald läuft es besser.

Und tatsächlich, es gibt Tage, da läuft es besser.

Aber als ich heute Morgen aufwachte, hatte ich Ringe um die Augen und mich ganz in die Laken verheddert. Ich war schlecht gelaunt, die Beine fühlten sich wie geschient an, und das Krächzen der Elstern bohrte sich in meine Ohren. Kaum wach, zankte ich mich mit Angelica, weil ich gestern mit Spülen drangewesen wäre, aber am Nintendo hängengeblieben war und nicht mal den Tisch abgeräumt hatte. Irgendwann warf sie die Tür hinter sich zu und radelte los. Ich hab mir den Kaffee warmgemacht, eine Tasse getrunken und bin dann ebenfalls aus dem Haus gegangen. Petru hatte mir eine Zeitlang sein Moped geliehen, weil Fahren mir den Kopf leermacht. Ich startete, fuhr durch die Felder und hoffte, dass die Beklemmung vorbeiging, aber das Gegenteil trat ein, meine Stimmung verschlechterte sich von Minute zu Minute. Am See setzte ich mich an der Stelle ins Gras, wo ich an sonnigen Sonntagen mit Opa geangelt hatte. Immer noch keine Veränderung. Ich drehte eine Runde über die Straße, die zur Volksschule führt und die ich jeden Morgen entlanggegangen war, weil man »im Gehen Probleme löst«. Wieder nichts. Ich fuhr zum Friedhof, um eine Handvoll Gras auf Opas Grab zu werfen, wie er es sich gewünscht hatte, und da endlich schien es besser zu gehen. Ich atmete durch und spürte nicht mehr die Stiche in der Brust. Ich rauchte noch eine auf dem Sattel, die Stille ringsum war so gespannt, dass ich einen Moment lang Angst bekam. Es war, als hätte man die ganze Erde evakuiert. Ich schaute nach den E-Mails, die ich Irina geschrieben hatte, und las sie eine nach der anderen durch – »ich habe dir an einem Abend mehr von mir erzählt als all meinen Freunden in sechzehn Jahren« –, dann machte ich mich auf den Heimweg. Ehrlich, mir war nicht bewusst, was ich tat, es war das Moped, das mich trug. Ich fuhr am Haus der Großeltern vorbei, kam zur Holzkirche und fuhr noch ein bisschen ziellos umher, bis die Reserveanzeige aufleuchtete. Um nicht schieben zu müssen, fuhr ich wieder diese Straße zurück, die so lang und gerade war, durch Maisfelder, soweit das Auge reichte, die gefrorenen Stängel mit den Kolben vom Wind der letzten Tage umgeknickt. Ich schaute mich um, ob Autos kamen, und gab Vollgas. Ich schloss die Augen und beschleunigte, und je fester ich sie zusammenkniff, desto lauter schrie ich gegen diese verfickte Stille an. Ich hielt den Gasgriff im Anschlag, bis mein

Handgelenk wehtat, und was dann passiert ist, weiß ich nicht. Das Moped ist ins Schlingern geraten, und ich flog über die offene, baumlose Landschaft. Weit oben, schwebend wie eine Feder, ohne den Lenker loszulassen.

Und jetzt wird es überall finster.

ZWEITER TEIL

Weit weg

In einer Februarnacht bin ich abgehauen. Seit Tagen war ich, wenn ich allein im Haus war, zum Kleiderschrank gehastet, hatte den Koffer hervorgezogen, ihn auf dem Bett geöffnet, Unterhemden und Schlafanzüge hineingelegt und mit den Händen geplättet, damit sie weniger Platz einnahmen. Alle Pullover, die ich besaß, packte ich hinein, auch in Mailand kann es kalt werden, hatte Clarissa am Telefon gesagt. Dann steckte ich noch die Duftseifen vom Markt hinein. Jedes Mal, wenn ich etwas Kleingeld übrighatte, war ich zu der alten Bulgarin gegangen, die auf dem Gehweg kniete, und hatte mir eine gekauft, nachdem ich die Seifen Stück für Stück beschnuppert hatte, bis ich die Düfte nicht mehr auseinanderhalten konnte.

Mit den Schuhen in der Hand schlich ich durch den Flur, immer an der Wand entlang wie ein Schatten. Der Fußboden war so kalt, dass es an den Sohlen brannte, der eisige Luftzug, der durchs Fenster hereinwehte, ließ die Haut frösteln. Leise zog ich die Tür an, und als sie ins Schloss gefallen war, lief ich los, an der Grundschule vorbei, dann durch die engen Sträßchen, die zur Holzkirche führen. Ich rannte quer über die Felder, der Wind blies mir in die Ohren und kratzte über meine Wangen. Ich verfluchte die Zigaretten, und obwohl ich mein Herz wie wild schlagen spürte und der Koffer mir aus der Hand rutschte, obwohl ich mich schon in einen Graben stürzen sah, wo die Ratten an meinen Knöcheln nagen würden, rannte ich immer weiter, denn auf diesen Feldern zu sterben war immer noch besser, als mich dem Schmerz zu stellen, euch beim Abschied in die Augen schauen zu müssen.

Ich rannte, bis ein Lichtstrahl erschien und die niedrig über den Dächern hängenden Wolken sich lila färbten. Da drehte ich mich um und sah, dass das Dorf schon weit zurücklag. Nebel waberte über den Pfaden und klebte sich an mich. Streifen von Himmel spiegelten sich in den trüben Pfützen.

Der Reisebus wartete unter dem herunterhängenden Schild des Waschsalons. Fünf Frauen standen im Kreis zusammen und redeten: Die Älteste lächelte mir zu.

»Sie ist noch jung«, sagte sie zu den anderen.

Den Fahrer kannte ich seit meiner Kindheit, er hieß Cezar. Er grüßte mich mit Namen, dann forderte er mit einer Handbewegung das Geld für die Fahrt. Ich holte die Scheine aus meinem Büstenhalter, wo ich sie versteckt hatte, nachdem ich sie Dutzende Male gezählt hatte. Ich drückte sie ihm in die Hand, den Kopf schon weggedreht, weil ich in diesem Augenblick nur eins wollte, mich ganz nach hinten in den Bus setzen, die abgestandene Luft dort atmen. Ich fiel in einen bleiernen Schlaf, so tief, dass die Älteste irgendwann zu mir kam und mich an der Schulter rüttelte. »Hallo, alles in Ordnung?« Ich hatte stechende Kopfschmerzen, beim Gähnen kamen mir die Tränen. »Bist du weggelaufen?«, fragte sie, und ihre Augen kannten schon die Antwort. »Dein Handy hat geklingelt, vielleicht solltest du rangehen.«

Hastig kramte ich in den Taschen meiner Daunenjacke, Taschentücher und Schlüssel fielen zu Boden. Die Frau musterte mich, ihre Augen schienen mich schon seit je zu kennen. »Manchmal geht es nicht anders«, sagte sie mit einem Lächeln, während sie meine rissigen Hände betrachtete.

Sie ging auf ihren Platz zurück, und ich begann, auf dem Fenster zu malen. Sie hatte eine Schachtel Butterkekse auf den leeren Sitz neben mir gelegt, ich aß sie einen nach dem anderen, und während ich kaute, begann das Handy wieder zu vibrieren. Filip, aber ich rief ihn erst zurück, als ich angekommen war.

»Ich bin in Mailand, Clarissa hat für mich eine Arbeit als Altenpflegerin gefunden«, sagte ich, nachdem der Bus uns auf dem Parkplatz abgesetzt hatte. Ringsum war nur die Autobahn, auf dem die Lastwagen vorbeirasten, und auf der anderen Seite des Gehwegs die U-Bahn.

»Komm zurück«, befahl er mit finsterer Stimme.

»Unser Geld ist alle, die Firma zahlt nicht, und du hast seit einem Jahr keine Arbeit«, sagte ich. »Wie sollen die Kinder sonst weiter zur Schule gehen?«

»Ich geh als Maurer nach Polen.«

»Wie lange sagst du das schon?«

»Daniela, komm nach Hause.«

»Meine Eltern werden dir helfen, ich schick alles Geld, das ich übrighabe.«

»Ich hab im Handumdrehen eine Arbeit gefunden, wirst sehen.«

»Ich glaube dir nicht mehr, Filip.«

»Warum bist du einfach weggelaufen? Willst du alles kaputtmachen?«

»Ich hab deine leeren Versprechungen satt, deine beschissenen Schwüre: Ich such mir eine Arbeit, ich streng mich an, ich hör auf zu trinken.«

»Komm zurück, Daniela«, wiederholte er.

Seine Stimme klang, als würde er beten.

Die Älteste der Gruppe verabschiedete sich von den anderen, reichte mir eine U-Bahn-Fahrkarte und stapfte mit mir zur Treppe. Eine Freundin habe mir eine Arbeit besorgt, erzählte ich.

»Willst du eine Wohnung mieten?«

»Nein, ich wohne bei ihr.«

»Gut so, dann kannst du mehr Geld nach Hause schicken.«

Um Leute kennenzulernen, riet sie mir, die Gottesdienste zu besuchen und in die Parks zu gehen, wo die Pflegerinnen sich träfen. Wenn die Sonne scheine, bringe jede etwas zu essen mit, und man verbringe ein paar Stunden in Gesellschaft.

»Da sprechen wir zumindest alle unsere Sprache!«, rief sie aus. »Wirst sehen, Rumänisch wird dir mehr fehlen als deine Familie.« Sie entwertete die Fahrkarten für uns beide und winkte mir, ihr zu folgen. »Anfangs kam es mir vor, als hätte ich meine Fröhlichkeit verloren, auf Italienisch fiel mir nie etwas Lustiges ein«, brüllte sie gegen den Lärm des einfahrenden Zugs an. »Ohne seine Sprache denkt man wie ein Tier.«

Die Frau, an deren Namen ich mich nicht mehr erinnere, wohnte an der Piazza della Repubblica, in der Nähe des Hauptbahnhofs. Als Krankenpflegerin konnte ich sie mir nicht vorstellen: Wie sollte diese Alte einer anderen Alten helfen können? Als die U-Bahn an der Station Loreto hielt, schubste sie mich auf den Bahnsteig. »Viel Glück!«, rief sie, dann schlossen sich die Türen. Hinter der Fensterscheibe nickte sie, als wüsste sie bereits, was mich erwartete. Einen Augenblick später fuhr der Wagen an und verschwand im Tunnel. Noch heute, wenn es mich in die Bahnhofsgegend verschlägt, hebe ich jedes Mal den Blick und schaue, ob sie aus einem der Fenster guckt, ob ich auf der anderen Straßenseite ihr gutes Gesicht sehe oder wie sie mit ihrem schwerfälligen Schritt einen Kinderwagen schiebt.

»Manchmal geht es nicht anders«, hatte sie im Bus gesagt. Dieser Satz nahm mir die Schuld.

Der Piazzale Loreto hat die Form eines Kraken: Der Kreisverkehr ist der Kopf, die strahlenförmig davon abgehenden Straßen sind die Tentakel.

Ich traf Clarissa vor einem Hundefuttergeschäft, wir gingen in eine Bar, und als sie die Wollmütze absetzte, bemerkte ich ihr krauses weißes Haar.

»Seit drei Jahren bin ich jetzt hier, aber gealtert bin ich um zehn. Das steht dir auch bevor«, sagte sie freudlos und fuhr mit den Fingern über den Kopf. »Meine Alte ist so schwer, dass ich sie kaum heben kann, und wenn sie schläft, ist sie nur am Schreien. Mein Rücken ist futsch.«

»Drei Jahre sind das schon?«

»Fast vier.«

»Und wann gehst du zurück nach Rumänien?«

»Keine Ahnung … Ich sag immer, jetzt fahre ich heim, aber dann tu ich es doch nicht«, antwortete sie und sah durchs Fenster der Bar nach draußen.

»Wer weiß, wie lange ich das aushalte«, sagte ich.

»Ach, man gewöhnt sich schnell daran, keine Sorge. Es lebt sich nicht schlecht in Mailand.« Sie verzog den Mund zu einem halben Lächeln, dann wechselte sie rasch das Thema. »Hör zu, Daniela, ich weiß leider nicht, in welchem Zustand der Alte ist, zu dem du kommst«, sagte sie und löffelte Schaum von ihrem Cappuccino.

»Ich dachte, du kennst ihn.«

»Aber nein, ich habe ihn noch nie gesehen«, erwiderte sie erstaunt. »Eine Freundin hat ihn gepflegt, die hat aber jetzt eine Anstellung in einer Reinigungsfirma gefunden, die Glückliche …«

»Wieso die Glückliche? Ist Putzen besser, oder was?«

»Wie man's nimmt, man verdient schlechter und braucht obendrein eine Wohnung. Dafür muss man nur seine Treppen putzen, keiner holt einen nachts aus dem Bett … Als Putze kriegst du keine weißen Haare.«

Clarissa hatte mehrmals auf die Uhr geschaut, nun schnaubte sie und sagte, sie müsse jetzt wieder rein. Die Kinder der Alten achteten auf jede Minute.

»Heute haben sie mich angemotzt, weil ich zu viel Öl in den Sugo getan habe, neulich war es zu wenig Salz … Du weißt doch, wie lecker mein Sugo ist, oder?«

»Leider nein …«

»Müsstest mal ihren dagegen sehen, flüssig wie Pipi!«

Wir verabschiedeten uns hastig und zahlten, jede für sich. Während ich die Treppe zur U-Bahn hinunterstieg, suchte ich die Adresse auf dem Handy.

Die Via Pellegrino Rossi ist endlos lang, voller ausländischer Läden und Inder, die an die Autofenster klopfen und den Fahrern welke Rosen aufschwatzen wollen.

Urplötzlich fiel ein dichter Nebel, der alles verschluckte: Fußgänger, Autos und Rosenverkäufer. Ich war mit dem Sohn des Alten vor der Tankstelle verabredet, und da stand er, nur ein paar Meter entfernt. Als er mich sah, kam er mir entgegen. Ernesto war von kleiner, bulliger Statur, die schütteren Haare hatte er nach vorn gekämmt. Er nahm meinen Koffer und steuerte auf die Arkaden eines Hauses mit rostigem Gittertor zu.

Im Aufzug quetschte ich mich in eine Ecke, während er mir ein kleines Taschenwörterbuch reichte: ein Geschenk, wie er sagte.

»Bist du aus Bukarest?«, fragte er, ehe ich mich bedanken konnte.

»Nein, aus Iaşi, an der Grenze zu Moldawien.«

Mit dem Italienischlernen hatte ich schon ein paar Jahre zuvor angefangen. Ich schaute mir im Internet Videos an, hörte die Lieder von Vasco Rossi und Zucchero, las die Nachrichten in den Online-Zeitungen. Früher oder später, das wusste ich, würde der Tag der Abreise kommen.

»Papa!«, rief er, sobald er die Eingangstür geöffnet hatte. »Papa, ich bin's!«

Das Licht im Flur war ausgeschaltet, es roch nach Gemüsesuppe, und der Fernseher lief in ohrenbetäubender Lautstärke. Heimlich suchte ich im Handy Filips Nummer, ich wollte ihn an meiner Seite haben, es gab sonst niemanden, der mich hätte beschützen können. In Filip hatte ich mich verliebt, weil er zwar groß und kräftig war, mir aber keine Angst einjagte: Er hatte ein ironisches Gesicht, trug ulkige Hemden, und im Auto sang er mit seiner krächzigen Stimme schnulzige Lieder. Hätte er sich eine Arbeit gesucht und ein für alle Mal das Trinken sein gelassen, ich hätte mich mit der Zuneigung begnügt, die von der Liebe übrigbleibt.

Der Alte saß in einem Sessel und pustete in ein Plastikrohr, das in einem Wasserbehälter endete. Er hieß Giovanni. Der Sohn schaltete den Fernseher aus, woraufhin Giovanni sofort Blasen produzierte. Er sah uns mit aufgerissenen Augen an und kratzte sich den kahlen Kopf.

»Er ist Asthmatiker, er muss seine Lunge stärken«, erklärte Ernesto und zeigte auf den Atemtrainer.

Ich versuchte, dem Alten meinen Namen vorzusagen, doch er zeigte keine Reaktion. Ihm war nur wichtig, dass einer von uns beiden den Fernseher wieder einschaltete, nichts anderes.

»Ich muss die Nachrichten hören. Hallo! Die Nachrichten!«, schrie er.

Ernesto zeigte mir die Küche und die übrige Wohnung: das lange, schmale Bad, Giovannis Schlafzimmer, eine Abstellkammer mit Regalen voller Krimskrams und reihenweise verstaubten Konserven.

»Hier ist mein altes Zimmer, deine Vorgängerin hat auch hier geschlafen«, sagte er auf der Schwelle.

»Ich habe das Bett neu bezogen … verstehst du eigentlich, was ich sage?«

»Ja.«

»Dann hör zu: Nach dem Tod meiner Mutter ist er in eine Depression verfallen. Nachts nässt er sich ein, er will nur Gemüsesuppe essen, er will sich nicht waschen und auch nicht ins Altersheim. Er leidet unter Asthma und hat einen beschissenen Charakter.«

»Hat er Alzheimer?«

»Nein, er ist einfach senil.«

»Wie alt ist er?«

»Achtundachtzig.«

Während er weiterredete, dachte ich an die Bilder, die ich malen würde. Immer, wenn ich mich von der Welt abkapseln will, male ich. Das bisschen Geld, das ich in Italien für mich selbst ausgegeben habe, habe ich im Künstlerbedarf gelassen: Ich konnte Stunden damit verbringen, die Grammatur des Papiers zu prüfen, die Druckbleistifte, die Wachsmalkreiden …

Schon als kleines Mädchen waren Worte mir nicht wichtig, lieber zeichnete ich. Wenn meine Mutter ins Zimmer kam, steckte ich das Blatt schnell ins Lehrbuch und tat so, als würde ich dem Text mit dem Finger folgen. Und wenn sie mich ertappte, protestierte ich: »Aber das habe ich doch für dich gemalt!« Ich malte Häuser am Meer, mit schäumenden Wellen im Hintergrund und einem aschgrauen Himmel, der Regen ankündigte. Gelb war meine Lieblingsfarbe, aus Angst, dass es mir ausging, malte ich nie die Sonne. Allen schenkte ich Zeichnungen. Ich versuchte, so zu tun, als bedeuteten sie mir nichts, aber wenn jemand sie knickte oder herumliegen ließ, war ich zu Tode beleidigt.

»Hörst du mir zu?«, fragte Ernesto.

»Ja, entschuldige.«

Er hielt mir einen Zettel unter die Nase, auf dem die Arzneien aufgeführt waren, die sein Vater einnehmen musste, er zählte sie Stück für Stück auf, zeigte die dazugehörige Packung oder hob mit zwei Fingern das Fläschchen an. Auf dem Kühlschrank stapelten sich die Schachteln wie in einer Apotheke. Dann gingen wir ins Bad, wo er mir zeigen wollte, wie die Waschmaschine funktionierte.

»Ich komme nicht vom Mars, ich weiß, wie man eine Waschmaschine bedient«, sagte ich und musste ein Lachen unterdrücken.

»Da hast du natürlich recht.«

»Mir wär's lieb, wenn ich mein Geld jeden Samstag bekomme«, sagte ich bestimmt.

Ernesto öffnete seine Brieftasche und legte vier Fünfziger auf den Tisch. Ich zuckte die Schultern, und da legte er noch einen Schein drauf.

»Außerdem möchte ich, dass du die Wohnung saubermachst«, fügte er hinzu und ließ die Hand in der Luft kreisen.

Manchmal zeichnete ich den gedeckten Tisch: Violett und Orange für den Früchtekorb, Blau für den Wasserkrug, die Küchenmöbel mit einfachem Bleistift.

»Sag mal, hörst du mir überhaupt zu?«

»Ja, sicher, die Wohnung saubermachen.«

Im Wohnzimmer fasste ich mir ein Herz und ging zu Giovanni, der, sobald er mich bemerkte, die Fernbedienung hinter dem Rücken versteckte. Ich kniete mich neben den Sessel, so dass ich gemeinsam mit ihm das Quiz anschauen konnte, dem er gebannt folgte, während er in das Plastikrohr blies. Auf dem Balkon hatte ich Blumentöpfe gesehen, ich fragte, ob er Lust hätte, morgen die Pflanzen zu gießen. Er zog die Lippen herunter und murmelte mit leerem Blick: »Wozu?«

Als Werbung kam, hörte er mit Blubbern auf und wandte sein Gesicht mir zu, als hätte er mich eben erst entdeckt.

»Wer bist denn du?«

Am Abend schrieb Clarissa mir und erkundigte sich, wie es gelaufen sei. Sie schlug vor, am Wochenende in die Accademia di Brera zu gehen. Es freute mich, dass sie noch wusste, dass ich Kunst mochte. Clarissa hat studiert und danach ein paar Jahre in einer Zeitungsredaktion gearbeitet, ich erinnere mich, dass sie immer mit Romanen in der Tasche herumlief, deren Handlung sie mir haarklein schilderte. Auch ihr hatte ich als Kind Bilder geschenkt. Dann entwickelten sich die Dinge eben so, und jetzt ist sie hier, eine von vielen, die es nach Italien verschlagen hat, während der arbeitslose Mann in Rădeni rumgammelt, die Kinder bei einer Schwester aufwachsen und die Haare grau werden, mit vierzig. Früher war Clarissa wunderschön: groß, gertenschlank, zwei feste Brüste. Immer pfiffen die Männer ihr hinterher.

Unterdessen wärmte Ernesto die Gemüsesuppe fürs Abendessen auf und erzählte mir mehr über seinen Vater: Vor der Rente hatte er Mikrophone und Lautsprecher für Kirchen verkauft und sämtliche Pfarrer in der Lombardei gekannt.

»Schaffst du es heute Nacht allein, oder soll ich sicherheitshalber dableiben?«, fragte er, während er die dampfenden Teller auftrug.

»Kein Tischtuch?«, fragte ich verblüfft.

»Wenn du meinst …«

»Sonst ist es ja wie Camping.«

Giovanni sprach mit sich selbst, dauernd wiederholte er, die Suppe sei gut, doch er hätte sie gern heißer. Die Arme hatte er um den Teller gelegt, wie um ihn zu verteidigen, und er schlürfte auf eine Art, die einen zum Lachen brachte und zugleich abstieß.

»Geh nur, ich schaff das schon«, sagte ich. »Aber lass das Telefon eingeschaltet, damit ich dich erreiche, wenn ich Hilfe brauche.«

Nachdem Ernesto gegangen war, verabreichte ich seinem Vater die Medikamente und schaute zusammen mit ihm noch ein bisschen fern. Ich versuchte, neue Wörter zu lernen. Wenn ich sie richtig aussprach, nickte Giovanni, wenn nicht, zog er die Nase kraus und sagte: »Naaa …«

Plötzlich schloss er die Augen, und das Kinn fiel ihm auf die Brust. Ich beobachtete ihn eine Weile, dann stand ich auf, fasste ihn unterm Arm und sagte: »Komm, Schlafenszeit.« Er versuchte mich wegzustoßen und brummte: »Du hast mir gar nichts zu sagen.«

Ich zog ihm trotzdem Strümpfe, Hose und Unterhose aus und wechselte, den Kopf abgewandt, die Windel. Ich versuchte mir vorzustellen, ich wickele ein Kind, aber das klappte überhaupt nicht. Genauso wie es nichts nützte, an mein Büro zu denken, an die Aufträge aus dem Ausland, an die stundenlangen, auf Englisch geführten Telefonate mit den Lieferanten … Ich arbeitete nun bei einem inkontinenten Alten, lernen musste ich hier nur eins, und zwar möglichst rasch: lange die Luft anhalten und die Übelkeit beherrschen.

Nachdem ich Giovanni ins Bett gebracht hatte, ging ich auf den Balkon. Auf der Straße lag Raureif, die Äste des einzigen Baums im Hof waren ganz weiß. Der Rauch der Zigarette kräuselte sich in seltsamen Formen, und im nächsten Moment verschmolz er mit dem Nebel. Ich hatte gedacht, es wäre tiefe Nacht, doch es war noch nicht mal neun. Als ich dich anrief, bist du beim ersten Klingeln drangegangen.

Mit geschlossenen Augen liegst du da, die Bettdecke akkurat bis zu den Schultern hinaufgezogen, eine Sonde, die durch den Mund in den Magen führt, zwei Zugänge im Arm, die an einen Apparat angeschlossen sind. Eine Krankenpflegerin geht zwischen den Betten hindurch, prüft bei einem Patienten, ob die Flüssigkeit aus dem Tropf wie gewünscht nachläuft, bei einem anderen, ob die Rückenlehne richtig eingestellt ist. Dem einzigen, der wach ist – ein Mann im mittleren Alter mit dicken Brillengläsern –, flößt sie einen Schluck Wasser ein.

Als Angelica kommt, setzt sie sich sofort neben mich, auch sie trägt blaue Überschuhe, ihre Hände riechen nach Desinfektionsmittel.

»Nicht mehr als ein Angehöriger auf einmal«, rüffelt uns die Krankenschwester.

»Natürlich, Sie haben recht, aber lassen Sie uns doch bitte fünf Minuten alle beisammen sein.«

»Aber mehr nicht.«

Einen Augenblick lang halten wir uns bei der Hand. Sie mustert dein Gesicht, ich schaue auf die anderen Betten, die kahlen Wände dieses Raums, der mir zu eng und kalt für dich erscheint. Schweigend sitzen wir da, bestürzt über den Schlaf, der deinen Körper niederdrückt. Eine Maschine neben dem Bett gibt alle drei Sekunden einen Ton von sich, bei jedem *Biep* schlägt die grüne Anzeige auf dem Monitor aus. Als ich die Hand ausstrecke, um dich zu streicheln, packt Angelica mein Gelenk und hält es fest, so dass ich die Bewegung nicht ausführen kann. Ich darf dich nicht berühren, sagt sie. Ich weiß nicht, wie lange wir so verharren, erschüttert und stumm.

»Kommst du mit auf den Flur, eine rauchen?«

»Seit wann rauchst du denn?«, fahre ich auf.

»Kommst du oder nicht?«

Draußen streifen wir die Überschuhe ab, zerknüllen sie, bevor wir sie in einen Abfallkorb werfen, und während ich mir den Schal umwickele, dreht sie sich eine Zigarette. Langsam gehen wir die Treppe hinunter, rauchen schweigend auf der von Eichen umstandenen Freifläche.

»Ich geh nach Hause. Sehen wir uns nachher?« Sie zerdrückt den Stummel an einem Baumstamm.

»Ist gut.«

»Vergiss nicht, der letzte Bus nach Rădeni fährt in zwei Stunden.«

»Deine Stimme hat sich verändert, weißt du das?«

»Das sagst du immer«, antwortet sie und hebt den Blick, während sie die Windjacke zuzieht. »Ich glaub eher, du vergisst alles.«

Als ich klingele, schnaubt die Schwester genervt von dem vielen Kommen und Gehen. Draußen ist es dunkel geworden, endlich muss ich nicht mehr weinen. Jetzt sieht man durchs Fenster keine Wiese und keine Bäume mehr, nur noch die Winternacht. Ich stütze die Ellbogen auf die Knie und bette mein Gesicht in die Hände: Dieser klapprige Stuhl und das Fenster des Krankensaals werden im Nu mein Zuhause. Dein Bett, die einzige Sache auf der Welt.

Die Schwester kontrolliert den Tropf des Patienten mit der dicken Brille. Als sie ihn gerade ansprechen will, hält sie inne und bemerkt mich. Ohne den Blick abzuwenden, fragt sie die Kollegin, die neben dem Eingang herumhantiert, was ich denn noch hier mache. Laut, als würde ich es nicht hören.

»Was machen Sie noch hier?«, wendet sie sich dann an mich und baut sich vor deinem Bett auf.

»Ich bin seine Mutter«, antworte ich.

»Verstehe, aber die Besuchszeit ist längst vorbei.«

Ich versuche, die Baumkronen auszumachen, die nackten Äste, doch nichts hebt sich vom Nachthimmel ab. Ich verschränke die Arme unter der Brust, schließe die Augen, und jetzt ist mir, als schwämme ich im Himmel, schwerelos.

»Hören Sie nicht? Sie müssen gehen.«

»Ich kann nicht.«

Sie zieht den Kopf zurück, der auf ihrem dürren Raubvogelhals sitzt, dann holt sie so viel Luft, wie sie nur kann: »Begreifen Sie doch, das hier ist eine Intensivstation.«

Als sie den Satz zum dritten Mal wiederholt,

beuge ich mich vor, um die Falten im Laken an der Seite der Matratze glattzustreichen. Bald darauf kommt ein Typ in blauer Uniform, vermutlich vom Wachdienst. Er zieht die Mütze, dann fragt er mich: »Wo ist das Problem?«

Ich stehe auf und grüße ihn respektvoll. Mein Kopf ist schwer, ich kann das Gähnen nicht unterdrücken.

»Ich muss hierbleiben, mein Sohn liegt im Koma. Ich verspreche, ich werde nicht stören.«

Während der Wachmann zu einem Vortrag voller Begründungen anhebt, kommt ein Arzt hinzu. Ein großgewachsener Schlaks, das weiße Haar fällt ihm in die Stirn, die von zwei geraden Falten durchzogen wird.

»Gehen Sie nur, alles in Ordnung«, sagt er zu dem Wachmann.

Der nickt, erleichtert, dass er keine Gewalt anwenden muss. Er setzt seine Mütze wieder auf, grüßt gehorsamst und verdünnisiert sich. Der Arzt gibt auch den Schwestern einen Wink, dann greift er sich einen Hocker und setzt sich neben mich.

»Sehen Sie her«, beginnt er, ohne mich anzuschauen, »das Gerät links von Ihnen zeigt die Atemfrequenz an. Es ist wichtig, dass sie stabil bleibt, denn wenn sein Herz nicht ausreichend mit Sauerstoff versorgt wird, kann das ernste Folgen haben.«

»Wann wacht er auf?«

»Das weiß ich nicht.«

»Wird er überhaupt wieder aufwachen?«

»Das kann man im Moment nicht wissen«, wiederholt er geduldig. »Auch deshalb ist es sinnlos, wenn Sie hierbleiben.«

»Im Gegenteil, es ist das einzig Sinnvolle.«

Der Arzt schüttelt unmerklich den Kopf, dann wendet er sich mir zu. »Erinnern Sie sich noch, als Sie mit ihm schwanger waren?«

»Ich bin in diesem Krankenhaus entbunden worden«, antworte ich verdutzt.

Er nickt: »Wenn eine Frau ein Kind erwartet, muss sie sich ausruhen, weil sie von dem Moment an, da es die Augen öffnet, alle Hände voll zu tun haben wird. Ich weiß, es ist nicht leicht, aber glauben Sie mir: Sobald Manuel die Augen öffnet, werden Sie alle Hände voll zu tun haben.«

Ich möchte, dass dieser Mann mit seiner heiseren Stimme immer weiter zu mir spricht, mich an die Schwangerschaft erinnert, mich dazu bringt, mir wieder auszumalen, wie es sein wird zu Hause mit dir.

»Bald wird's regnen«, sagt er stattdessen und schaut aus dem Fenster. »Heute Nacht jucken bestimmt vielen die Narben, aber wenigstens riecht die Luft danach gut.«

»Rufen Sie wieder den Wachmann, wenn ich nicht gehe?«

Obwohl er die Lippen fest verschlossen hält, lässt ein Lächeln seine Mundwinkel beben. »Heute Nacht können Sie hierbleiben, aber morgen müssen Sie nach Hause, Sie müssen duschen und etwas Gutes essen. Die Küche hier ist eine Katastrophe.«

Plötzlich dröhnt der Husten eines alten Mannes durch den Saal, es schüttelt ihn so, dass man denkt, gleich fällt er aus dem Bett. Die Schwestern heben ihn an und schieben ihm ein Gummirohr in den Hals, und während eine den Sauerstoff aufdreht, wechselt die andere den Katheter. Ein paar Sekunden später fällt der Alte in einen bleiernen Schlaf, kommt sich selbst abhanden.

»Sehen Sie?« Der Arzt steht auf, ich folge ihm auf den Gang. »Verstehen Sie jetzt, warum Sie nicht hierbleiben können?«

»Ich verspreche, ich werde jedes Mal, wenn es nötig ist, den Saal verlassen, Sie müssen mich nicht einmal darum bitten.«

»Aber was wollen Sie denn hier tun?«

»In den letzten Jahren haben Manuel und ich immer weniger miteinander geredet. Ich lebe in Italien, als Pflegekraft.«

»Ach, wie meine Mutter, die hat das auch gemacht, aber in Polen.«

Jetzt mustere ich ihn, und er schaut woandershin. »War es schwer, ohne sie?«

»Sagen wir, es war nicht leicht.«

Aus einer Thermoskanne, die auf einem der stählernen Servierwagen vergessen wurde, gießt er mir einen Becher lauwarmen Kamillentee ein. Als er mich auffordert zu trinken, schlucke ich ihn wie eine Medizin.

»Sie haben doch keine Alkoholika dabei, oder?«

»Nein.«

»Falls ich Sie auch nur ein einziges Mal mit so was erwische, falls ich auch nur den Verdacht hege, Sie würden hier trinken, rufe ich den Wachdienst, und Ihren Sohn sehen Sie dann nur noch durch diese Glasscheibe.«

»Ich sage doch, ich trinke nicht.«

Der Arzt nickt wieder, ohne mich aus den Augen zu lassen.

»Kommen Sie morgen früh in mein Büro, dann erläutere ich Ihnen die Untersuchungen, denen wir ihn unterzogen haben.«

Die Schwester schaut mich verblüfft an, als ich den Saal wieder betrete. Sobald sie sich abwendet, kontrolliere ich, ob der Apparat noch funktioniert: eins, zwei, *Biep*. »Solange es bei diesem Rhythmus bleibt, wird das Herz mit Sauerstoff versorgt«, hat der Arzt gesagt.

Um fünf Uhr bin ich wach. Es regnet noch, prasselt aber nicht mehr so heftig gegen die Fensterscheiben. Tropfen rinnen langsam herunter. Eine neue Schwester kommt herein und bringt mir eine Tasse Milch.

»Guten Morgen, wie geht es?«, fragt sie, ohne innezuhalten und die Antwort abzuwarten.

Ich gehe hinaus, den Gang hinunter zu der Toilette, die kein Fenster hat und nach Schimmel riecht. Als Kind bin ich mit meinen Eltern immer nach Vama Veche ans Schwarze Meer gefahren, wo man sich ebenfalls, so gut es ging, in öffentlichen Toiletten wusch. Damals, unter Ceaușescu, zahlte mein Vater den Campingplatz mit Gutscheinen von der Kolchose, wo er als Traktorist arbeitete. Später, als ich aufs Gymnasium ging, brach die Revolution aus.

»Diese schrecklichen Zeiten sind nun vorbei«, sagte er damals gern beim Abendessen, während er seine Lattichsuppe löffelte. »Aber was jetzt kommt, wird noch schlimmer.«

Wie wahr. Mein Philosophieprofessor versuchte auf dem Markt angegammeltes Obst zu verkaufen, der Arzt von Rădeni schmuggelte Waren aller Art, meine Mutter stellte sich an, um Möbel und Kleider zu verpfänden. An Urlaub war nicht mehr zu denken, ich musste die Universität verlassen und so schnell wie möglich eine Arbeit finden.

Ich hole ein sauberes T-Shirt heraus, wasche mir die Achseln, während ich mit dem Fuß die Tür blockiere, egal, wenn Wasser auf meine Hose tropft. Ich wechsele den BH, knülle das getragene Zeug in den Koffer und mache mich auf die Suche nach dem Büro des Arztes. Doktor Petran heißt er, das weiß ich schon. Ich würde mich gern hübsch für ihn machen, aber ich habe nichts dabei, nicht mal Lippenstift. Dabei hat Signora Elena in Italien es mir immer wieder eingeschärft: »Dein Körper ist das Erste, was die anderen sehen, deshalb pflege dein Äußeres.« Dabei zeigte sie mir ihre Hände, die sie zweimal täglich mit Glyzerin eincremte. Wenn sie traurig war, sollte ich aus dem Kleiderschrank die geblümten Nachthemden holen, die sie dann stumm betrachtete. Mit den Fingern fuhr sie über die Baumwolle, untröstlich, dass sie ihr nicht mehr passten. »Als alter Mensch kann man nicht mehr schön sein, nur gepflegt«, meinte sie und betrachtete wieder ihre Hände, als wollte sie sagen, dass sie doch runzelig und fleckig geworden waren, allem Glyzerin zum Trotz. Oder sie nahm meine Hände und sagte: »Sehr gut, Daniela, so ist's recht«, weil ich mir ab und zu eine Maniküre gönnte oder die Nägel lackierte. Elena war nicht wie ihre Tochter, die mich ansah, als wäre ich eine Hure. Wenn es nach der gegangen wäre, hätte ich mein Leben in Latschen und mit zusammengebundenem Haar verbracht. Einen Körper sollte ich nicht mehr haben.

»Ach, Sie sind's«, begrüßt mich Doktor Petran. »Haben Sie ein wenig geschlafen?«

Heute Morgen ist sein Gesicht anders, spöttisch und spitz. Ich setze mich ihm gegenüber, während er still seine Macht genießt, ehe er das Wort ergreift. Mit einer Handbewegung fordert er mich auf zu warten, dann hebt er den Hörer und befiehlt jemandem hereinzukommen. Kurz darauf wird die Tür geöffnet, ein Polizist tritt ein, der sich grußlos neben ihn setzt und eine dunkelblaue Mappe auf den Schreibtisch legt.

»Mein Name ist Grigore Vasile, ich bin Polizist hier in Iaşi. Ich habe den Unfall aufgenommen. Ich habe bereits mit Angelica Matei gesprochen, Ihrer Tochter, und muss Ihnen ein paar Fragen stellen.«

»Bitte«, sage ich zögerlich.

»Wie kam es dazu, dass Manuel das Moped seines Freundes fuhr?«

»Er hat es sich von ihm geliehen, hat er gesagt.«

»Der Motor war frisiert, deshalb fuhr es so schnell. Haben Sie das gewusst?«

»Nein.«

Der Polizist öffnet die Mappe und liest in den handschriftlichen Notizen. »Wann haben Sie zum letzten Mal mit Manuel gesprochen?«

»Vor ein paar Tagen, Montag vielleicht. Ich kann auf dem Handy nachschauen, wenn Sie wollen.«

»Nein, das ist nicht nötig.«

»Manuel telefoniert nicht gern«, füge ich entschuldigend hinzu, »aber Angelica hatte mir versichert, es gehe ihm gut. Also, wie immer.«

»Ging es Ihrem Sohn wirklich gut?«, schaltet sich Doktor Petran ein.

Ich schrecke zusammen, fast hatte ich vergessen, dass er auch da ist. »Vor kurzem ist mein Vater gestorben. Manuel hat sehr darunter gelitten.«

»Außerdem arbeiten Sie, wenn ich richtig informiert bin, seit vier Jahren in Italien«, bedrängt der Beamte mich, »und Ihr Mann arbeitet im Ausland als Kraftfahrer. Stimmt das?«

»Ja«, antworte ich und senke den Kopf. »Meine Tochter und meine Mutter kümmern sich mehr um Manuel als ich und mein Mann, wenn Sie das sagen wollen.«

»Hat Manuel Psychopharmaka genommen?«, fragt mich der Arzt.

»Nein!«

»Nie?«

»Nein, habe ich doch gesagt, warum fragen Sie mich das?«

»Sehen Sie«, fährt der Polizist fort, »Doktor Petran stellt Ihnen diese Fragen, weil ein so schlimmer Unfall an einem solchen Ort schwer erklärlich ist. Sie kommen aus Rădeni, Sie kennen die Straße: schnurgerade, keine Hindernisse, fast ohne Verkehr. Klar, alles ist denkbar, aber der Ablauf des Unfalls ist schon merkwürdig.«

»Was wollen Sie damit sagen?«, frage ich und beuge mich zu ihm vor.

»Ich sag's noch mal«, antwortet der Mann in Uniform rasch, »es handelt sich nur um einen Zweifel, über den wir mit Ihnen sprechen wollten. So einen Unfall baut man nicht einfach so.«

»Sie können offen zu uns sein«, stimmt der Arzt ein, »weder ich noch der Beamte hier wollen Sie für irgendetwas verantwortlich machen.«

»Ich weiß es nicht … Ich habe Manuel gefehlt, so wie er mir«, sage ich und beiße mir auf die Lippen.

Der Polizist reicht mir ein Blatt: »Gut, das war's von meiner Seite. Sie müssten mir nur noch bitte dieses Formular ausfüllen.«

Ich betrachte das Formblatt und kann kein Wort entziffern.

»Können Sie mir dabei helfen?«

»Sie müssen ankreuzen, dass Ihr Sohn keine Vorstrafen hat, keine Drogen nahm und in der Obhut Angehöriger gelebt hat. Deren Personalien müssen Sie auch angeben.«

Ich mache mich daran, das Formular auszufüllen, jede Frage kommt mir vor wie eine Falle, um mich festzunageln.

Als ich ihm das Blatt zurückgebe, will der Beamte meinen Personalausweis sehen. Er legt ihn auf den Tisch, vergleicht das Foto mit meinem Gesicht, dann fotografiert er ihn mit dem Handy und verabschiedet sich.

»Ich wünsche Ihrem Sohn baldige Genesung, Frau Matei«, fügt er an der Tür hinzu.

Als wir allein sind, hält Doktor Petran mir eine Schachtel Kleenex hin, aber ich weine nicht, ich bin wie ausgedorrte Erde.

»Möchten Sie Wasser?«

»Nein danke.«

»Dann hören Sie mir jetzt gut zu, ich werde Ihnen die klinische Lage erläutern.«

»Ja bitte.«

»Wenn er statt mit der Schulter mit dem Hals oder dem Kopf aufgeschlagen wäre, dann wäre Manuel auf der Stelle tot gewesen. Ihr Sohn trug keinen Helm.« Ich nicke, er schaut auf, während er den Kopf noch schief hält, um in den Befunden zu lesen. »Es handelt sich um ein schweres Schädelhirntrauma«, fährt er fort, während er die CT-Bilder betrachtet. »Leider hat man den Krankenwagen erst gegen Mittag gerufen, dabei muss sich der Unfall irgendwann am Vormittag ereignet haben. Die Sanitäter haben hervorragende Arbeit geleistet und ihn hierhergebracht, ohne weitere Schäden anzurichten.«

»Muss er operiert werden?«

»Nein, nur die Schulter bleibt geschient. Der Neurologe meint, das brauche einfach Zeit. Sie müssen sich vorstellen: Der Körper hat ein Trauma erlitten, von dem er sich nur durch Schlaf erholen kann. Betonung auf *kann*.« Er hebt den Kopf und schaut mich an.

»Und was geschieht jetzt?«

»Er bekommt so viel Ruhe, wie er benötigt«, sagt er, schließt die Akte und verschränkt die Arme vor der Brust.

»Denken Sie, es war gar kein Unfall?«, frage ich mit blankem Blick.

»Das weiß ich nicht. Es war nur eine Vermutung, die wir mit Ihnen besprechen wollten«, sagt er in wärmerem Ton. »Jedenfalls denke ich, es würde Ihnen guttun, mit einem Psychologen zu sprechen.

Unser Doktor Albescu hier im Krankenhaus steht Ihnen zur Verfügung.«

»Ich denke nicht, dass ich das möchte.«

Er wirkt überrascht, und ehe er weiterspricht, breitet er die Hände aus: »Erwarten Sie bitte nicht zu viel von einem Chirurgen. Wir sind nichts weiter als Metzger in weißen Kitteln.«

Plötzlich fällt durchs Fenster ein Sonnenstrahl herein, und im selben Moment wird an die Tür geklopft. »Herein!«, ruft der Arzt.

Ich drehe mich um und bin mir sicher, es ist noch mal der Polizist, doch es ist Angelica. Sie setzt sich neben mich und wirft mir einen schiefen Blick zu, um herauszufinden, ob ich Ärger gemacht habe. »Nehmen Sie Ihre Mutter mit nach Hause, sie braucht jetzt Ruhe und ein Bett«, sagt Doktor Petran in väterlichem Ton zu ihr. Angelica nickt und lächelt schüchtern, dann fragt sie, ob es Neuigkeiten gibt. »Wir drehen ihn einmal am Tag auf die andere Seite, damit die Haut keinen Schaden nimmt. Der Neurologe hat entschieden, dass wir mit weiteren Untersuchungen bis nächste Woche warten, um ihn jetzt keinem zusätzlichen Stress auszusetzen.« Er steht auf und geht zur Tür.

Während die beiden das Büro verlassen, unterhalten sie sich weiter. Ich bleibe zurück und betrachte das eingerahmte Arztexamen und die Fotos seiner Kinder an den Wänden. Auf dem mittleren hält der noch junge Arzt ein Kind mit schwarzen Locken im Arm. In Mailand, auf dem Nachttisch in meinem Zimmer, steht genauso eines. Als sie es sahen, haben sie mich gefragt, ob ich einen kleinen Sohn hätte. Klein ist er ja schon lange nicht mehr, aber ich kann nur Fotos anschauen, auf denen ich noch eine Mutter bin.

»Können wir jetzt bitte gehen?«, sagt Angelica, als ich sie im Flur einhole.

»Na gut, aber heute Nachmittag will ich wieder herkommen.«

»Wie du willst, aber wenn du wieder hier die Nacht verbringst, sag Bescheid.«

»Ich habe mit dem Doktor gesprochen, ein Polizist war auch dabei.«

Angelica nickt, sie wirkt nicht überrascht.

In der Straßenbahn, die uns zum Bahnhof bringt, sitzen wir nebeneinander und starren schweigend auf die Häuser, die aussehen wie Blöcke aus schmutzigem Eis.

»Hast du mit deinem Vater gesprochen?«

»Ja, gestern.«

»Wird er herkommen?«

»Ich weiß es nicht«, sagt Angelica. Da bemerkt sie, dass wir an der Uni sind, und springt aus der

Bahn, ohne mir einen Kuss zu geben. »Wir telefonieren später, Mama!«, ruft sie mir vom Bürgersteig aus zu.

Ich hätte sie gern gebeten, die Vorlesung sausen zu lassen. Es wäre etwas anderes gewesen, das Haus zusammen mit ihr zu betreten, ihre Stimme hätte mich von all dem Chaos, das mich dort erwartete, abgelenkt. Die Spinnweben an den Decken, die heruntergekommene Pergola, die unfertige Mansarde: die Schuld, in der ich mich jedes Mal, wenn ich heimkomme, wiedererkennen muss. Wie ein Schatten ist diese Schuld, selbst wenn ich renne, lässt sie nicht von mir ab.

Als ich zum ersten Mal nach Rădeni zurückkam, hatte Filip eine Überraschungsparty für mich organisiert. Meine Mutter hatte gekocht wie an Ostern, alle Freunde waren gekommen. Ein wunderbarer Abend war das gewesen. In jener Nacht, ehe wir miteinander schliefen, sagte Filip immer wieder, ich solle Vertrauen haben, ein richtiges Herrenhaus würde es werden, mit Schrägdach und neu hergerichteter Mansarde. Ich habe mich gezwungen, ihm zu glauben, war stolz auf mich, weil ich die Familie ernährte. Alles nur Lügen. Dieses Haus ist genau wie Filip, unfähig, etwas aus sich zu machen. Und es ist wie ich, auch ich komme mir vor wie eine halbe Sache.

Am Hauptbahnhof, der Endstation der Straßenbahn, nimmt man einen grünen Bus. Er fährt an dem gleichen großen Platz ab wie die Reisebusse, die täglich Pflegekräfte nach ganz Europa bringen. Ein Dutzend von ihnen ist gerade ausgestiegen, jetzt stehen die Frauen auf dem Gehweg und schauen dem Fahrer genau auf die Finger, während er das Gepäck herausholt. Langsam soll er machen, sagen sie, vorsichtig mit den Sachen sein. Er versucht, ihre Stimmen zu überhören, und reicht die fachmännisch verstauten Pakete eins nach dem anderen heraus: Kartons voller Lebensmittel, Kleider, Spielzeug, Haushaltsgeräte … Auch ich habe immer etwas dabei, wenn ich hier ankomme, damit die anderen einen Eindruck davon bekommen, wo ich lebe. Nach Italien hingegen bringe ich nie etwas mit. Die Alten und ihre Angehörigen interessiert nur eins: meine Arbeitskraft.

Schon nach wenigen Haltestellen verschwinden die Wohnblöcke mit den Balkons, auf denen das Bettzeug hängt, die eben noch verkehrsreichen Straßen werden leer und schmal. Die Leute, die zusteigen, tragen nun Kittel aus grobem Stoff und

Filzhüte, Kordhosen und Stiefel, die bis zu den Knien reichen. Vor dem Fenster ziehen Bauernhäuser und steinige Feldwege vorbei, Pferdekarren und angestrichene Lattenzäune. Wenn ich als Kind ziellos durch die Landschaft fuhr und irgendwann Vadims Zaun erkannte, wusste ich, dass ich wieder zu Hause war. Dahinter weideten zwei Pferde und ein schwarzer Büffel, der immer schläfrig wirkte. Mehr als einmal sah ich Vadim neben dem Büffel stehen, die Heugabel in der Hand, den Blick verloren ins Nichts gerichtet.

Unter der Steinbrücke riecht es nach Pisse. Ich gehe an einem brachliegenden Feld vorbei, und hinter Huanas Apotheke steht das Haus meiner Mutter. Ich mache einen Bogen, damit sie mich nicht sieht.

Ich eile über den Dorfplatz, aber ich bin nicht schnell genug. Die Mädchen aus dem Brotladen laufen mir entgegen.

»Wie geht es Manuel?«

»Er schläft«, antworte ich, ohne den Schal vom Mund zu nehmen.

»Wie konnte das nur passieren?«

Ich möchte sie so schnell wie möglich abschütteln. Selbst die Menschen, die ich von klein auf kenne, sind mir fremd geworden. Ich fühle mich beobachtet, spüre die Blicke auf meinem Gesicht, die herausfinden wollen, wie sehr ich gealtert bin, ob Lippen und Hals geschwollen sind wie bei den Trinkern. Ich weiß nie, ob es neidvolle Blicke sind, weil ich jetzt genug Geld habe, um das Haus herzurichten, oder mitleidige, weil mein Haus irgendwann vielleicht kein Blechdach und keinen vermüllten Hof mehr haben wird, ich es aber nie werde genießen können.

Ich stelle mich mitten auf die Straße und krame in den Taschen der Daunenjacke nach der Zigarettenschachtel, die sich in den Tempos verheddert hat. Ich betrachte das Haus, und immer löst es in mir die gleiche Wut und die gleiche Enttäuschung aus. Der Schutthaufen da ist meine Familie.

Ich steige die Außentreppe hinauf ins obere Stockwerk, als Erstes muss ich mich vergewissern, dass wir keine Mäuse haben. Vor nichts ekle ich mich mehr als vor Mäusen, ich muss mich vergewissern, damit ich nachts nicht von ihnen träume. Zwischen einem Bottich mit hart gewordenem Zement und Werkzeugen, die über den Boden verstreut vor sich hin rosten, bahne ich mir einen Weg. Ich klopfe an die Rigipswand, die beim letzten Mal noch nicht da stand, sie riecht noch nach frischer Farbe. Daneben entdecke ich einen Stapel Fliesen, mit der Ferse stoße ich ihn um, die obersten brechen glatt in der Mitte durch, keine Splitter. Ich denke, es ist an der Zeit, ein Gelübde abzulegen: Ich trete die Zigarette auf dem Boden aus, werfe die Camel-Packung dazu, trample mit dem Fuß darauf herum, als wäre es ein Kakerlak, und schwöre, dass ich nie wieder eine Kippe anrühre.

Ich gehe nach unten. Es ist kalt, überall herrscht Unordnung. Ich ziehe die Betten ab, schalte die Heizung ein und werfe die Waschmaschine an. Ich erinnere mich noch gut an den Tag, als ich mit der neuen Waschmaschine in Rădeni ankam. Ein Lieferwagen brachte sie bis vor die Tür. Meine Mutter war so stolz … Sie sah sich um und hoffte, die Nachbarn würden es mitbekommen.

»Dein Mann ist ein Nichtsnutz, aber du bist stark wie eine Sowjetfrau!«, hatte sie ausgerufen und mich bei den Handgelenken gepackt. Seit ich weg bin, sucht sie meine Nähe; manchmal will sie mich überraschen und ruft mich mitten am Vormittag an: »Sprich mit mir, nur eine Mutter kann eine Mutter verstehen«, sagt sie. Wenn ich mich über mein Leben beschwere, schimpft sie mit mir: »Es geht dir doch gut, Daniela, vergiss nicht, nur wer mit den Händen in der Scheiße wühlt, weiß, wie das Leben spielt.«

In seinem Kinderzimmer liegen Schulbücher herum, Zeichenpapier, das Ronaldo-Trikot, über dem Bett hängt das Poster eines Rappers, die Blechdosen, in denen der italienische Kaffee war, dienen nun als Stiftehalter. Ohne dass es mir bewusst wird, gehe ich in die Knie, als hätte mich ein Schuss getroffen. Ich zerkratze mir das Gesicht und weine. Als ich wieder aufstehen kann, befehle ich mir, nicht in diesen Sachen zu kramen. Wühlen ist schlimmer als weinen. Man gibt auf und meint, alles müsse abgebaut, jedes Ding in Kartons verpackt werden, die niemand je wieder öffnen wird.

Ich stecke den Kopf unter kaltes Wasser, der Strahl in meinem Nacken lässt mich erstarren. Ich wickele mir ein Handtuch wie einen Turban um und staube hysterisch die Regale ab. In einer Schublade stoße ich auf den Silberrahmen mit meinem Hochzeitsfoto, ich hole ihn heraus und zerschlage ihn an der Tischkante. Eine Weile betrachte ich die Glassplitter auf dem Fußboden, dann zerreiße ich das Foto. Die Frau darauf bin sowieso nicht mehr ich.

Ehe ich mich's versehe, setzt unter der Pergola eine Prozession ein. Dauernd kommen Leute, und zu jedem muss ich etwas sagen, Wortschablonen auftischen, weil man sie auf diese Weise immer am schnellsten wieder loswird.

»Wird schon nicht der schlimmste Fall eintreten«, sage ich ein ums andere Mal, und dabei spüre ich, wie der schlimmste Fall in mir wühlt wie ein Maulwurf.

»So was passiert, wenn die Mütter die Kinder allein lassen«, sagt die Grundschullehrerin und sieht mich auf ihre besserwisserische Art an.

»Bekannten von mir ist es ähnlich ergangen«, fügt eine andere hinzu.

»Hast du ihm das Moped gekauft?«, mischt sich ein Freund meines Vaters ein.

Als die Prozession vorbei ist, hole ich einen Rucksack aus der Küchenbank und packe saubere Sachen hinein. Ich überlege, welchen Bus ich nehmen muss, damit ich zur Besuchszeit im Krankenhaus bin.

Draußen vor der Tür treffe ich auf Anna, meine beste Freundin. Sie ist im Dorf, weil eine ihrer Schwestern ihr drittes Kind bekommen hat. Sie umarmt mich heftig und möchte mitkommen.

»Nicht heute«, erwidere ich.

»Aber morgen fahre ich doch schon wieder!«

»Nicht heute, bitte.«

Anna und ich sind zusammen aufgewachsen. Alles haben wir geteilt, Kleider, Schminke, Tagebücher, einmal sogar eine Liebe. Wir sind zusammen auf die Grundschule, die Mittelschule und das Musische Gymnasium gegangen. Dann haben wir geheiratet, und unser Leben hat sich verändert. Sie hat als Köchin in einer Schule gearbeitet, ich war erst eine Zeitlang Floristin, ehe ich als Angestellte angefangen habe.

»Ich bin Köchin und trotzdem nage ich am Hungertuch, wie ist das möglich?«, fragte sie ratlos, wenn wir eine Zigarette rauchten. Was haben wir zusammen gelacht. Anna hat mir stundenlang von ihren Träumen erzählt und sich beklagt, weil sie mir schnuppe waren und ich mir nicht den Kopf darüber zerbrechen wollte, was wohl dahintersteckte.

»Was soll es schon bedeuten«, meinte ich. »Ist doch nur ein Traum!«

»Du hast ja keine Ahnung«, entgegnete sie ärgerlich. »Träume verraten, was du dich nicht auszusprechen traust, oder sie bringen einen Gedanken zurück, den du fast vergessen hast!« Oft nötigte sie mich, ihr meinen letzten Traum zu erzählen, und dann stellte sie hanebüchene Interpretationen an, die einfach nur zum Lachen waren.

»Du brauchst gar nicht so zu lachen, ich bin halt so, selbst wenn ich wach bin, lasse ich mich von den Träumen leiten. Also, raus damit, erzähl mir einen!«

»Ich hab doch gesagt, ich erinnere mich nicht.«

»Dein Pech«, schnaubte sie. »Dann bleibt dir nur die Wirklichkeit.«

Da wurde ich dann doch sauer, und ich sagte ihr, sie solle beim nächsten Mal besser die Klappe halten, bevor sie so mit mir rede.

Ab und zu skype ich mit Anna. Um uns aufzumuntern, versichern wir uns gegenseitig, wir hätten uns beide kein bisschen verändert. Dass es nicht so ist, wissen wir beide, das Leben in der Fremde bricht auch dem Stärksten das Rückgrat. Aber die seltenen Male, wenn wir uns in Rădeni sehen, schwingen wir uns immer noch aufs Fahrrad, als wäre die Zeit tatsächlich stehengeblieben. Wir radeln und radeln, und während wir am See entlangfahren, zählt Anna auf, wer alles fortgegangen ist.

»Frauen gibt es hier nur noch auf den Werbetafeln.«

»›Der Handyvertrag, mit dem du deinen Liebsten immer ganz nah bist!‹«, zitiere ich den Slogan eines Plakats, das auf dem Dorfplatz hängt und eine Frau etwa in unserem Alter zeigt – sie trägt ein rotes Satinkleid, während ihre schon großen Kinder beide das Handy ans Ohr halten und sie ansehen. Alle lachen und haben strahlendweiße Zähne.

»Was kann ich tun?«, fragt Anna und geht langsamer.

»Was dir in den Sinn kommt.«

Sie packt mich an den Schultern und drückt sie nach hinten. »Du musst gerade stehen, Daniela, gerade.«

Die Kirchturmuhr schlägt drei, ich umarme Anna und mache mich auf den Weg durch die Felder. Ich hab nicht mal bei meiner Mutter vorbeigeschaut und ihr guten Tag gesagt.

Als Doktor Petran mich an den Spinden im Gang lehnen sieht, spricht er mich an: »Sie sind schon seltsam. Erst machen Sie hier einen Riesenaufstand, und wenn Besuchszeit ist, stehen Sie hier rum und telefonieren.«

»Entschuldigen Sie, ich war mit den Gedanken woanders«, antworte ich verlegen.

Er winkt mir, ihm zu folgen, und während er einen Code in die Tastatur neben der Tür tippt, ziehe ich Mundschutz und Einwegüberschuhe an und desinfiziere mir die Hände.

»Vor ein paar Stunden haben wir ihn umgedreht, die Haut ist noch intakt. Vorerst besteht keine Gefahr, dass er sich wundliegt.«

»Gestern Nacht habe ich seinen Bauch grummeln gehört, glaube ich.«

»Das wäre möglich, die künstliche Ernährung ist nicht besonders sättigend«, sagt er und geht weiter ans andere Ende des Saals.

Ich setze mich, klemme die Hände unter die Beine und nähere meinen Mund deinem Gesicht.

»Hallo, Salzkorn, träumst du?«

Ich habe in meinem Moleskine-Büchlein notiert, was ich dir erzählen will. Versprengte Erinnerungen, die wie Blitze aus heiterem Himmel kommen und denen ich verzaubert nachschaue, bevor sie schon wieder weg sind. Heute zum Beispiel möchte ich unter allen Umständen deine Beine sehen, sie berühren und prüfen, ob die Muskeln erschlafft sind. Als Kind hast du die ganze Zeit nur Fußball gespielt, und auch wenn du jetzt mit dem Rauchen angefangen hast und Angelica sagt, du hättest ganze Nachmittage am Nintendo verbracht, erinnere ich mich noch gut an deine Beine, wenn sie über die Gartenzäune schrubbten, hinter denen der Ball gelandet war. Einen »zähen Hund« nannte dein Vater dich.

Doktor Petran berührt meine Schulter. »Noch fünf Minuten. Und keine Diskussion heute, verstanden?«

Ich versuche mich zu konzentrieren, um dir wenigstens eine Sache zu erzählen, doch ich fühle mich leer, als hätte dein Schlaf mich angesteckt. Dir schließt er die Lider, mir tötet er die Gedanken. Alle bis auf einen.

Als die Schwester die Tür aufreißt und zwei Männer in grünen Kitteln hereingelaufen kommen, um einen Sauerstoffschlauch an eine Gasflasche anzuschließen und das Bett einer Patientin Richtung Ausgang zu schieben, die hustet und womöglich Blut spuckt, bekomme ich das alles erst mit, als sie gegen meinen Stuhl stoßen, unter dem sich ein Schlauch verklemmt hat.

»Jetzt stehen Sie doch mal auf!«, pflaumen mich die Männer an, während sie versuchen, das Kuddelmuddel zu entwirren. Ich gehorche umgehend. Einer hebt den Stuhl an und lässt ihn dann auf den Boden knallen, die Klingel, mit der man die Schwester ruft, lärmt wie verrückt. »Gehen Sie raus!«, schreit der andere mich an. »Sofort raus hier!«

Wie eine Streunerin wandere ich durchs Kellergeschoss des Krankenhauses, stecke irgendwelche Münzen in den Kaffeeautomaten, und als mir bewusst wird, dass ich dir nicht eine einzige Erinnerung habe erzählen können, nicht mal die belangloseste, beginne ich den Apparat mit Fäusten zu traktieren. »Alles meine Schuld!«, schreie ich.

Sobald ich zur Besinnung komme, setze ich mich mit dem Plastikbecher in der Hand auf eine Bank, neben einen überquellenden Papierkorb. Ich kaue an den Nägeln, beiße mir auf die Lippe. Ein Arbeiter ist dabei, eine Tür, die auf zwei Böcken liegt, anzumalen, er wirft seine Kippe weg, dann betritt er einen Lagerraum. Wie eine Süchtige renne ich hin, doch statt Rauch steigt mir der stechende Geruch der Farbe in die Nase. Ich schaue mich um, dann hebe ich die Kippe auf. Gierig rauche ich sie bis zum Filter, schmecke auf den Lippen den fremden Speichel und spüre die Glut, die meine Finger verbrennt. Erst geht es mir besser, dann schlechter.

Ich bin nicht mal in der Lage, ein Versprechen zu halten, das ich mir selbst gegeben habe.

Im Halbdunkel des Korridors gehe ich auf und ab. Das Handy zeigt drei Anrufe von Angelica und eine Nachricht: *Du bist unverbesserlich*.

Alles in Ordnung. Ich ruf dich morgen an, schreibe ich ihr.

Hinter den Arztbüros entdecke ich einen leeren Raum, der Schlüssel steckt im Schloss. Eine Liege, ein Schreibtisch, ein Metallspind: Das muss ein nicht mehr genutztes Sprechzimmer sein. Unschlüssig bleibe ich auf der Schwelle stehen, dann gebe ich mir einen Ruck, trete ein und schließe die Tür hinter mir ab. Meine Beine zittern, und um mich zu beruhigen, berühre ich mit den Händen die Wände. Ich wische den Schrank mit Tempos aus und stelle den Rucksack ins mittlere Fach. Vorsichtig öffne ich die Tür, kontrolliere den Gang in beide Richtungen, als müsste ich eine große Straße überqueren. Ich gehe los und stecke den Schlüssel ein.

Wenn Doktor Petran zur Besuchszeit im Saal

war, hat er bestimmt Nachtdienst: Ich werde ihn beim Kittel packen und in diesen Raum schleifen. Anflehen werde ich ihn, ihm drohen, ihn notfalls würgen, nur damit ich dortbleiben kann. »Weiter weg zu sein halt ich nicht aus«, werde ich zu Doktor Petran sagen, bis er mich endlich lässt.

Ich stelle mich neben die Gegensprechanlage, die von Angehörigen für die Kommunikation mit Intensivpatienten genutzt wird. Als er mich durch die Scheibe bemerkt, dreht der Doktor mir den Rücken zu und unterhält sich weiter mit einer Schwester.

»Haben Sie gesehen, was vorhin passiert ist?«, sagt er, als er auf den Gang tritt. »Verstehen Sie jetzt, weshalb Sie nicht hierbleiben können?«

»Kommen Sie mit, bitte.«

Ich gehe schnell vorneweg, doch er hat es nicht eilig. Als ich das verlassene Sprechzimmer aufschließe, fühlt er meine Stirn: »Sie sind blass, Sie sollten etwas essen.«

Er spricht in sein Handy und lässt mir eine Gemüsesuppe bringen, eine stockende, salzlose Pampe, die ich ihm gegenübersitzend am Schreibtisch esse. Ich komme mir vor wie ein altes, lahmes Tier, das sein Mitleid erregt.

»Wäre es in Ordnung, wenn ich morgen ab sieben im Saal bin?«

Er atmet tief durch die Nase ein: »Was wollen Sie denn den ganzen Tag tun?«

»Mit ihm sprechen.«

»Und was werden Sie ihm sagen?«

»Heute Nachmittag wollte ich ihm erzählen, wie sein Vater ihm das Radfahren beigebracht hat, aber ich war dauernd abgelenkt. Ich musste an seine Beine denken, ich frage mich, ob er sie je wieder bewegen kann.«

»Warum sollte er sie nicht wieder bewegen können?«

»Ich weiß nicht«, sage ich mit vollem Mund.

»Schlafen Sie jetzt.«

»Dann kann ich in diesem Zimmer bleiben?«

»Morgen wird man Sie bestimmt hinausjagen, aber heute Abend will ich nichts gesehen haben.«

»Danke, Doktor.«

»Wenn Ihnen kalt wird, bitten Sie die Schwester um eine Decke.«

Dein im Halbdunkel erhelltes Gesicht, die Patienten, die den Schlaf der Kranken schlafen, der Herr mit den dicken Brillengläsern, der schnarcht, die Stirn schweißgebadet: Das sehe ich, als ich die Intensivstation betrete. Es ist Punkt sieben. Die Schwestern bewegen sich wie Ameisen durch den Saal, dauernd kommen Ärzte herein oder gehen hinaus. Jeder sieht mich anders an, die einen wie eine Verrückte, die anderen mit jenem Unmut, den man gegenüber Leuten empfindet, die Privilegien haben.

Als niemand hinguckt, fahre ich mit der Hand durch den Schopf glatter Haare, der dir in die Augen fallen würde, wenn du nur aufstehen könntest. Den ganzen Vormittag sitze ich so da, die Ellbogen auf den Knien, nach vorn gebeugt, und beobachte dein Gesicht. Die Linie deines Mundes ist heute strenger: Bist du wütend?

Bevor ich hineinging, habe ich in der Toilette auf dem Gang schnell eine Katzenwäsche gemacht. Dann habe ich einen Kaffee aus der Maschine auf der Treppe getrunken und in meinem Moleskine-

Büchlein die Notizen nachgelesen, die ich mir am Morgen gemacht hatte. *Wie wir im Supermarkt von den Frühstücksflocken die Sammelcoupons abgetrennt haben,* habe ich mit schwarzem Stift über die alten Bleistiftzeichnungen auf den ersten Seiten geschrieben: Du warst acht, lebhaft und fröhlich. Du hast viel mit den Kindern von Dorian und Adelina gespielt, die später nach Deutschland ausgewandert sind – hast du ihr Haus gesehen? Die Veranda ist inzwischen unter Gestrüpp begraben. Der Weg, der auf der einen Seite in den Wald und auf der anderen in die Sonnenblumenfelder führt, bezeichnete die Grenzen unserer Familie und der Welt.

Du bist gern zur Schule gegangen, ein guter Schüler seist du, sagten die Lehrerinnen, du konntest sehr viele Wörter und hast gesprochen, als wärst du viel älter, als du wirklich warst. Deine Schwester wirkte schon beinahe erwachsen, den ganzen Tag tanzte sie unter der Pergola, ständig war sie in einen verliebt. Wenn der Frühling kam, ging sie mit ihren Freundinnen zum Steinmäuerchen hinter der Kirche: Dort saßen sie stundenlang mit baumelnden Füßen und vertrauten sich ihre Geheimnisse an. Sie buk gern Plätzchen, manchmal misslangen sie und wurden hart wie Stein, doch sie aß sie trotzdem und tat, als wären sie die größte Köstlichkeit. Sie war so friedlich und folgsam, dass ich sie manchmal ganz vergaß. Gestritten haben wir nur, weil sie geschminkt und mit Absätzen in die Schule gehen wollte.

Deinen Vater habe ich damals schon nicht mehr geliebt, aber ich dachte nicht, dass wir uns trennen würden. Ich hielt es für unausweichlich: Die Liebe verfliegt schnell, besonders wenn man jung heiratet. Samstags hörte Filip früh am Nachmittag auf zu arbeiten und ging danach mit Freunden in die Kneipe, abends kam er dann betrunken nach Hause. Den Rest der Woche aber hielt er sich zurück, damals war er noch unternehmungslustig, wollte Ausflüge mit uns machen an Orte, die nur er kannte. Ich wusste, dass er nicht ständig nur an mich dachte, aber ich war überzeugt, das sei das Schicksal jeder Frau, alles andere seien Ausnahmen. Oder Märchen.

Jedenfalls, vielleicht erinnerst du dich ja gar nicht mehr daran, wie wir beide heimlich in den Supermarktregalen Coupons klauen gegangen sind, dabei war es sehr lustig. Wenn man genug zusammen hatte, konnte man einen Basketballkorb gewinnen, der sich am Schlafzimmerschrank befestigen ließ. Du bist auf der einen Seite des Gangs Schmiere gestanden, und ich habe so getan, als könnte ich mich nicht zwischen den vielen Keksen und Snacks entscheiden, und dabei klaubte ich mit dem Fingernagel die Quadrate mit dem Punkt aus den Verpackungen. Manchmal blieb die dünne Plastikfolie an den Fingern kleben, manchmal fiel sie zu Boden, und dann bückte ich mich und tat so, als würde ich mir die Schuhe zubinden, um sie unauffällig aufzuheben.

Aber genug jetzt davon. Das sind nur Erinnerungen, die ich mit anderen Erinnerungen vermische. Vielmehr muss ich dir jetzt erzählen, was ich für dich getan habe, was alles passiert ist, nachdem ich weggegangen bin. Alles, der Reihe nach. Damit du mir, wenn du wieder aufwachst, verzeihst. Nein, ich werde dir verzeihen. Du wirst mich um Entschuldigung bitten.

In der ersten Nacht schlug Giovanni sich wegen des Hustens, der ihm keine Ruhe ließ, mit den Fäusten gegen die Brust und verfluchte die Jungfrau Maria. Durch die angelehnte Tür sah ich, wie er am Fußende des Bettes mit dem Oberkörper hin und her schwang und die Arme ausbreitete. Ich hatte keinen Schimmer, was ich tun sollte.

Am nächsten Morgen ging ich mit einer Tasse warmer Milch zu ihm, und erst da fiel mir auf, dass ich in meinen Kleidern geschlafen hatte. Er fragte wieder, wer ich sei, aber nicht mehr in diesem knurrenden Ton. Er trank mit beiden Händen, hielt manchmal inne, um zu Atem zu kommen: »Jetzt die Arzneien«, befahl er und wischte sich mit dem Handrücken den Mund ab.

Ich versuchte, Ernestos Krakelschrift zu entziffern, und zählte laut die Tropfen in ein Glas Wasser. Im Internet las ich, dass sie gegen Alterspanik und demenzbedingte Wutanfälle halfen.

»Soll ich jetzt trinken?«

»Ja, Giovanni, trink.«

Nach dem ersten Schluck rutschte ihm das Glas aus der Hand, verwundert sah er auf die Splitter, die in der Wasserlache auf dem Boden glitzerten. Während ich nach einem Besen suchte, lief Giovanni barfuß darüber und verschwand mit blutendem Fuß im Schlafzimmer. Über den Fußboden zogen sich rote Schlieren.

Er begann, mit den Fäusten auf den Kleiderschrank einzuschlagen. Ich hatte noch mehr Angst, sein Zimmer zu betreten, als in der Nacht. Unschlüssig stand ich im Flur, das Telefon in der Hand: Wie dumm von mir zu glauben, ich würde es schon allein schaffen. Die anderen mussten praktischer veranlagt sein als ich, ich war vielleicht eine gute Bürokraft, die mit Kunden umgehen konnte, aber Alte pflegen? Eher nicht. Alte waren mir bisher immer völlig gleichgültig gewesen.

Um den Lärm nicht hören zu müssen, begann ich, das Geschirr vom Vorabend zu spülen. Plötzlich erschien Giovanni auf seinen Stock gestützt in der Tür und sah mich verstört an.

»Raus, raus!«, schrie er.

Ich trocknete die Spülhände an meiner Jeans ab. »Beruhige dich, Giovanni, sollen wir ein bisschen ferngucken?«

»Verschwinde!«

»Willst du die Nachrichten sehen?«

Plötzlich fühlte ich mich zwischen Spülbecken und Fenster so in die Enge getrieben, dass ich es mit der Angst zu tun bekam und nur noch aus dieser Küche rauswollte. Ich rempelte Giovanni zur Seite, er sackte zu Boden und stieß sich die Schulter auf den Küchenfliesen, während ich ins Treppenhaus hinausrannte. Zwei Stufen auf einmal, dann mit den Fäusten gegen den Drücker der Haustür, die nicht aufgehen wollte, und endlich frische Luft, die Straße, Menschen.

Gegen zehn Uhr kam Ernesto. Er trug einen Mechanikeroverall, die Umrisse seiner Fingernägel waren schwarz vom Öl. Als ich ihn sah, setzte Giovanni sich vor den Fernseher wie eine Katze, die sich unter den Möbeln versteckt. Der Sohn schimpfte ihn mit einer derartigen Eiseskälte aus, dass ich nun auch vor ihm Angst bekam. Giovanni hielt sich nicht mehr die Schulter, und ich erzählte nicht, dass ich ihn über den Haufen gerannt hatte.

»Warum hast du ihm die Tropfen nicht noch mal gegeben?«, fragte Ernesto.

»Wollt ich ja, aber er hat mich weggestoßen.«

Da ging er ohne ein Wort zum Vater und packte seinen Kiefer, damit er den Mund aufmachte. Giovanni schlug wild um sich, doch der Sohn in seinem Overall hielt ihn so lange im Zangengriff, bis er seinen Willen durchgesetzt hatte. Dieser Ringkampf musste eine Art Ritual der beiden sein.

»Jetzt wird er sich beruhigen«, sagte Ernesto und wischte sich mit den Händen den Schweiß vom Gesicht.

Halb überlegte ich mir, ob ich ihm das Geld zurückgeben und zum Busbahnhof zurückkehren, mich am Eingang zur U-Bahn aufstellen und mit der nächstbesten Rostlaube zurück nach Rumänien fahren sollte.

»Möchtest du einen Kaffee?«, fragte ich stattdessen.

»Ja«, antwortete er und setzte sich an den Küchentisch. »Wenn er sich so anstellt, musst du ihn zwingen, irgendwann gibt er nach.«

»Das ist nicht so einfach, dein Vater ist stark.«

»Wem sagst du das«, antwortete er und nahm seinen Kopf zwischen die Hände. »Die Pflegerinnen laufen mir regelmäßig davon, ich weiß nicht mehr, was ich tun soll. Es wäre besser, er würde sterben.«

»Aber er ist doch dein Vater!«

Er machte eine Handbewegung, als wollte er sagen, ich hätte ja keine Ahnung, dann stand er auf, spülte seine Tasse aus und ging zurück in die Werkstatt.

Drüben schlief Giovanni in seinem Sessel, betäubt von den Medikamenten. Ich zog ihm die blutige Socke aus, entfernte den Dreck aus der Wunde und verband den Fuß mit einer Mullbinde. In diesem ruhiggestellten Zustand wirkte er schmächtig und wehrlos, und ich kam mir vor wie eine Mörderin, weil ich ihn zu Boden gestoßen hatte.

Da er schlief, ging ich hinunter, um eine Tüte tiefgekühlte Gemüsesuppe, einen Küchenreiniger und eine Tafel Schokolade zu kaufen – als Wiedergutmachung. Als ich zurückkam, stand er in der Küche und redete mit dem Kanarienvogel im Käfig. Er trug einen Mantel, eine Wollmütze und einen roten Schal um den Hals. In der Hand hielt er den Stock. Ich beobachtete, wie er die Schale des Vogels mit Körnern befüllte, während dieser piepend von einer Stange zur anderen hüpfte. Er registrierte gar nicht, dass ich zurückgekommen war, und als ich ihn bei seinem Namen rief, drehte er sich erschrocken um und sagte: »Gehen wir.«

Wenn ich Italienisch spreche, sagt man mir manchmal, dass ich gewisse Wörter auf norditalienische, andere auf süditalienische Art ausspreche, weil Giovanni aus Mailand war, Signora Elena hingegen aus einer Stadt am Meer, wohin sie zu gern zurückgekehrt wäre, denn sie besaß dort unten in Apulien noch ein Haus, um das die Kinder sich nicht mehr kümmerten.

»Und wohin gehen wir?«

»In den Park, was sonst?«, antwortete er, als wäre das sonnenklar.

»Ich weiß doch gar nicht, wie man da hin-
kommt.«

»Folge mir, dann weißt du es.«

Er ging langsam, sein verletzter Fuß behinderte ihn
und machte ihn wacklig. Ständig beklagte er sich,
sein Stock finde keinen rechten Halt auf dem Boden: »Stütz mich, Susanna.«

»Ich heiße Daniela, nicht Susanna.«

»Von mir aus, aber stütz mich jetzt.«

Die Villa Litta ist ein großer grüner Park und
einer der schönsten Orte in der ganzen Stadt. Sie
erinnerte mich daran, wie ich manchmal mit dir
und deiner Schwester zum Picknicken auf ein Feld
voller Primeln beim Fluss gefahren bin. Wie anders
mein Leben damals doch gewesen war.

Giovanni blieb stehen und betrachtete das
Brunnenbecken, in dem Blätter und tote Insekten
schwammen, dann betraten wir den Park. Wenn ich
ihn etwas fragte, verzog er das Gesicht zu seltsamen
Grimassen. In seinen Mantel gemummelt stand er
da und schaute sich um, und wenn er andere Alte
in Begleitung ihrer Pflegerinnen entdeckte, stieß er
mich mit dem Ellbogen an: »So viele junge Leute,
hast du gesehen?«

Tatsächlich waren mir noch nie so viele Alte
auf einem Haufen aufgefallen. Man sieht halt nur,

was man sehen will. Vor meiner Hochzeit habe ich überall junge Burschen gesehen, während meiner Schwangerschaft nur noch Bäuche.

Bald hatte ich die Worte in Giovannis Leben gelernt, die hauptsächlich seine Gebrechen beschrieben. Alte Menschen haben nur wenige Worte. Sie müssen den Dingen keine Namen mehr geben, sie sind froh, wenn ihnen die vergessenen wieder einfallen. Die ersten Wörter, die ich in Italien gelernt habe, waren die Namen von Krankheiten, Medikamentenwirkstoffen und kranken Körperteilen … Als ich das merkte, war ich entsetzt. Ich erlegte mir auf, fünf italienische Bezeichnungen von Dingen zu lernen, die ich mochte, nahm das Smartphone zur Hand und suchte *Tulpe, Eiche, Pudding, küssen, Pferd.* Und am nächsten Tag wieder fünf: *Torte, Erdbeeren, Tempera, Garten, Pommes.* Mit jedem Tag wurde mein Italienisch besser, und auch wenn ich vielleicht noch nichts Geistreiches sagen konnte, hatte ich doch einen praktikablen Weg gefunden, wie ich meinen Wortschatz erweitern konnte.

Anfangs hatte ich eine solche Angst, mich nicht verständlich machen zu können, dass ich mir nachts unter der Bettdecke einhämmerte: »Du musst lernen, lernen, lernen, Daniela, sonst säufst du ab wie ein Türke im Schwarzen Meer.« Die Methode war einfach, aber effektiv: Überall hängte ich Post-its auf. Auf die Anrichte schrieb ich *credenza,* so brauchte ich, wenn ich das Wort benutzen wollte, nur hinzugehen und nachzulesen. Das System funktionierte sehr gut, außer wenn Giovanni die Zettelchen entfernte und zu Kügelchen zerknüllte, die er dann aus der Tasche seiner Strickjacke zog und gegen die Mattscheibe warf, sobald ein Politiker erschien. »Geh arbeiten, du Gauner!«

Die Monate vergingen, und er schlief zunehmend länger und unruhiger. Ich begriff, dass die Demenz ihn immer mehr verschlang. Er rang nach Luft und hustete derart, dass ich manchmal kurz davor war, den Notarzt zu rufen. Wenn er sich beruhigt hatte, ließ ich ihn im Sessel Platz nehmen und strich ihm über den verschwitzten Kopf. Er ließ es zu, manchmal spürte ich, wie er das Schluchzen unterdrückte. Andere Male hingegen stöhnte er stundenlang, mit geballten, zitternden Fäusten. Ein probates Mittel, um ihn abzulenken, waren die Karten: »Komm, leg doch eine Patience, mal sehen, wie es um dein Gedächtnis steht«, forderte ich ihn auf. Konzentriert wie ein Schuljunge machte er sich an die Arbeit, und wenn er eine bis zu Ende schaffte, lachte er in einem quiekenden Ton und zeigte die mit den Jahren schwarz gewordenen, aber immer noch kräftigen Zähne. Schlimm wurde es wieder nach dem Abendessen, weil er sich partout weder waschen noch neue Sachen anziehen, noch seine Medizin nehmen wollte. Vor sich hin faselnd lief er durch die Wohnung, ich immer hinterher. In seinem ganzen Leben habe ihn nur ein Mensch aus- und umgezogen, und zwar seine Mutter: »Und jetzt bring mir das Telefon, ich muss sie anrufen!«

»Giovanni, komm her, ich zieh dir jetzt den Schlafanzug an.«

»Nein! Sie oder keine!«

»Sei artig, Giovanni.«

»Gib mir das Telefon!«

»Aber deine Mutter ist seit zwanzig Jahren tot!«

»Still, du Hexe!«

Manchmal gelang es mir, ihn zu überreden, dann wieder stieß er mich weg und nannte mich Nutte. Und ich weiß nicht, warum, vielleicht weil es Abend und ich einfach zu erschöpft war und den ganzen Tag mit niemandem ein Wort gewechselt hatte, jedenfalls hatte ich fast nie die Kraft, mich durchzusetzen. Also wusch ich ihn nicht und ließ ihn in Kleidern schlafen.

Meine Abende endeten immer auf dem Balkon. Ich zog die Jacke über den Schlafanzug, stibitzte Giovannis Pantoffeln und zündete mir eine Zigarette an. Ich betrachtete den qualmenden Schornstein des gegenüberliegenden Hauses und erinnerte mich daran, wie ich als Mädchen mit meinem Vater an den Fluss zum Angeln ging. Oder an meine eigenen Asthmaanfälle und wie Mama mir einen Sirup gab, der nach Öl schmeckte. Den Schemel, auf dem ich hockte, nahm ich hinterher mit rein und stellte ihn in die Abstellkammer. Sollte Giovanni ihn doch holen und sich hinunterstürzen, wenn die Wirkung der Tropfen nachließ.

Nachdem ich geraucht hatte, rief ich euch an. Ich weiß, ich hatte nie etwas zu erzählen, immer würde ich dasselbe fragen, hast du mir vorgeworfen. Aber begreifst du langsam, wie meine Tage aussahen? Ich fühlte mich erschöpft. Ich hoffte so, du könntest die Leere füllen.

Bevor ich schlafenging, machte ich einen Tee, füllte ihn in eine Thermoskanne, und wenn Giovanni in der Nacht einen Asthmaanfall erlitt, stand ich auf und gab ihm davon zu trinken. Er klammerte sich an die Bettkante, schnappte sich die Thermoskanne und scheuchte mich fort. In der nur vom anämischen Straßenlicht erhellten Dunkelheit sah er bleich und knochig aus; ich konnte immer noch nicht fassen, dass ich ihn umgerannt hatte. Als alter Mensch ist man weder groß noch kräftig. Man ist nur alt.

Eines Tages fragte ich ihn auf dem Spaziergang: »Giovanni, mache ich mich gut als Pflegerin?«

Er nickte halb, dann sagte er: »Aber wär besser, wenn du eine Schwarze wärst.«

Ich blieb stehen. »Sag das noch mal.«

»Doch, doch«, erklärte er arglos. »Schwarze lassen sich anstandslos rumkommandieren. Ihr aus dem Osten seid die reinsten Diktatorinnen.«

Dann wollte er sich bei mir einhängen, und als ich sagte, ich sei entsetzt, brummte er, ich solle mal schön die Kirche im Dorf lassen und mit dem Gezicke aufhören.

Auf dem Rückweg von den Spaziergängen kehrten wir immer in einer Bar ein, wo er, ohne mich zu fragen, zwei koffeinfreie Espressi bestellte. Abends durfte ich deshalb nicht vergessen, ihm Kleingeld ins Portemonnaie zu stecken, denn er legte Wert darauf, für uns beide zu bezahlen.

»Danke, Giovanni«, sagte ich an der Kasse. Und er sagte dann stets: »Aber jetzt gehen wir nach Hause.«

Ernesto kam mittlerweile nur noch samstags, um mich zu bezahlen. Mit dem Vater wechselte er kaum ein Wort, stellte die üblichen Fragen, die Giovanni einsilbig beantwortete, ohne den Blick vom Fernseher zu wenden. Ernesto hatte immer gerötete Augen, wie einer, der Marihuana raucht.

Einmal blieb er zum Abendessen und erzählte mir, dass er sich gerade von seiner Frau trenne und sein Sohn in die Mittelschule gehe.

»Sobald diese Sache geregelt ist, stelle ich dich richtig ein«, sagte er, während er eine Orange schälte.

»Ich kann dir eins sagen, ohne Vertrag bin ich früher oder später weg«, erwiderte ich. »Fällt dir eigentlich auf, dass dein Vater wieder isst und läuft?«

Er hörte nur mit einem Ohr hin, sah ständig aufs Handy, weil er in sein Leben zurückkehren wollte. Die Zeit, die er mit uns verbringen musste, war ihm eine Qual, und manchmal fühlte selbst ich mich unwohl. Ich dachte an meinen Vater, ein harter, aber guter Mann: Wenn wir allein im Haus waren, bot er mir immer ein Gläschen Pflaumentrester an, das wir vor dem rußenden Ofen tranken. Als er starb, pflegte ich schon Oreste, den Demenzkranken, bei dem ich zuletzt gearbeitet habe. Den welken Körper dieses Alten kenne ich besser als den meines Vaters, der inzwischen nur noch ein Häuflein Asche ist.

Manchmal war ich schlechter Laune, und ich erstickte schier. Dann war ich es, die Giovanni anbrüllte. Er sah mich verwirrt an, oft bekam er Angst und verzog sich ins andere Zimmer, eine Pflegerin aus Mosambik wär besser, brummte er. Es gab Tage, da wollte er nicht aus dem Sessel aufstehen, saß über Stunden stumm da, und wenn er den Mund öffnete, kamen klagende Laute heraus, die sich in mein Hirn bohrten. Ab und zu tauchte er aus diesem Zustand auf und sagte: »Und?«

Wie die Geriaterin mir empfohlen hatte, versuchte ich ihm dann zu erzählen, was um ihn herum geschah. Eigentlich hatte die Geriaterin auch gesagt, ich solle ihn nicht anbrüllen und nicht zum Essen zwingen, aber ich tat es trotzdem. Ich hatte herausgefunden, dass Giovanni sich vor meinem Geschrei fürchtete, und wenn ich genervt war, weil mir sein Gejammer zu viel wurde oder weil er immer dasselbe sagte oder weil er den Fernseher nicht leiser stellen wollte, schrie ich ihn an. Ernesto hätte mich eh nicht erwischt: Ich fühlte mich sicher und vor Bestrafung geschützt. Vor mir selbst rechtfertigte ich mich: Du hast diesen Beruf nicht erlernt, Daniela, es ist normal, dass dir der Geduldsfaden reißt.

Manchmal hingegen fühlte ich mich richtig elend, und ich hatte nur einen Gedanken: Wenn Giovanni stirbt, werde ich einen anderen Alten finden müssen, umziehen, mich in einem neuen Zimmer eingewöhnen, und früher oder später wird auch dieser Alte, den ich noch gar nicht kenne, sterben. Bis ich wieder nach Rădeni zurückkehre, wird mein Leben immer darin bestehen, Alten beim Sterben zuzusehen. Und mir fiel ein, wie ich als Kind in der Holzkirche ganz versunken die Kerzenstummel betrachtet hatte, die in sich erloschen.

Von zwei Uhr am Samstagnachmittag bis sieben Uhr am Sonntagabend hatte ich eigentlich frei. Ich aber war derart davon besessen, so bald wie möglich nach Rumänien zurückzukehren, dass ich Ernesto sagte, die freie Zeit interessiere mich nicht, ich hätte lieber das Extrageld. Ihm war das nur recht, und so verbrachte ich ganze Wochen ohne Unterbrechung mit Giovanni. Ich und er, denn außer seinem Sohn hatte Giovanni buchstäblich niemanden.

Zu seinem Geburtstag unternahm Ernesto mit dem Vater einen Spaziergang am Comer See, und ich ging zu der Frau, die eine Etage über uns wohnte und mir angeboten hatte, bei ihr sauberzumachen. Während ich sämtliche Zimmer putzte, hing sie mir ständig im Nacken, sie kontrollierte, wie viel Putzmittel ich auf den Schwamm gab und ob ich mit dem Staubtuch so wischte, wie sie es mir gezeigt hatte. Ich nahm immer für alles Alkohol, aber sie verwendete für jedes Zimmer ein anderes Zeugs und brachte mich damit an den Rand des Wahnsinns. Ich ertrug alles, und blind, wie ich war, sagte ich mir, ich würde nicht so enden wie Clarissa, wie Anna und all die anderen, die alle groß getönt hatten, bald würden sie wieder zu Hause sein, und die sich jetzt nicht mal mehr an Weihnachten blicken ließen. Ein Jahr, dann wollte ich zurück in Rădeni sein, mit meinem Geld würde ich das Haus herrschaftlich herausputzen und schon unter der von Filip instand gesetzten Pergola sitzen, wenn du von der Schule nach Hause kämst. Und deine Schwester mit ihrem aufreizenden Gang und dem Gesicht, das mit jedem Tag mehr das einer Frau wurde, würde mir schon von der Straße aus freudig zuwinken.

Ich dachte oft an Rădeni. Als Mädchen hatte ich mich gefragt: Was soll ich hier? In dieser Landschaft, die nachts pechschwarz wird und die im Winter nur von silbernem Raureif überzogene Baumstümpfe zu bieten hat? An einem Ort, wo es normal ist, dass die Männer immer betrunken sind? Was kann man hier machen? Was wird man in Rădeni? Und obwohl es nur ein Geisterdorf war, vermisste ich diese Ecke der Welt, wo ich alle Gesichter, Winkel, Pflanzen kannte.

Die Wände des Zimmers, in dem ich wohnte, waren kahl. Nur ein Poster von Ayrton Senna hing da, sein schönes, melancholisches Gesicht betrachtete ich oft stundenlang. Erinnerst du dich? Wenn es draußen kalt war, legte ich mich aufs Bett und rief dich von dort aus an. Wann hat diese Befangenheit begonnen? Ab wann hatten wir uns nichts mehr zu sagen? Ich war so gefangen in der Stumpfheit meines von Giovannis Arzneien getakteten Alltags, dass ich nicht mal mehr die Kraft fand, wütend zu werden, geschweige denn, Worte zu wählen, die auf dich Eindruck gemacht hätten. Und weißt du, was? Mir war, als hätte ich gar nicht das Recht dazu, weil ich ja diejenige war, die gegangen war, aus eigenem Entschluss. Zwar hatte ich es getan, damit du die gleichen Chancen hast wie die anderen, doch das spielte keine Rolle: In deinen Augen war ich abgehauen, basta.

Es kommt mir vor, als würde ich erst jetzt, da ich auf diesem klapprigen Stuhl mit dir spreche, begreifen, wie die Dinge gelaufen sind. Du warst erbarmungslos, hast mich aus dem Handydisplay angestarrt und nur verlangt, ich solle dir noch mehr Videospiele und Klamotten schicken. Und komm mir nicht damit, du hättest das absichtlich getan, weil du herauskriegen wolltest, wie weit du den Bogen spannen kannst. Ich hab darunter gelitten, mir fehlte es wie die Luft zum Atmen, für dich zu kochen oder mit dir vor dem Fernseher zu sitzen und Popcorn zu essen. Mies hab ich mich gefühlt, und trotzdem konnte ich dich verstehen. Während mein Körper immer mehr abstumpfte, blieb seltsamerweise mein Geist klar, ich war der festen Überzeugung, dass ich nicht mehr lange Giovanni den Rücken schrubben, ihn umziehen und seine Fußnägel schneiden müsste. Ich war mir sicher, dass ich bald heimkehren und dir den Kopf zurechtrücken würde – glaub nicht, ich hätte nicht gemerkt, dass es in der Schule nicht mehr so lief wie früher – und dass wir unser Familienleben wiederaufnehmen könnten. Mit der alten Dyane würden wir durch die umliegenden Dörfer fahren, aus vollem Hals Queen-Songs grölend, und einfach mit allem da weitermachen, wo wir damit aufgehört hatten. Zwischen uns konnte sich nichts wirklich ändern. Aus Blut wird kein Wasser.

Eines Samstagnachmittags rief Clarissa an. Giovanni schlief im Sessel, ich lag auf dem Sofa. Ich hatte mir vorgenommen, wenigstens eine Illustrierte zu lesen, aber nicht mal das schaffte ich. Die Gedanken schoben sich vor die Seiten, und schließlich vertrödelte ich die Zeit am Handy oder döste ebenfalls vorm Fernseher ein. Lernen war mir unmöglich geworden. Wenn ich mit euch chatten wollte, habt ihr abgeblockt: *Uns geht's wie gestern, Mama.* Dann schaute ich die Datingseiten durch, aber die Gesichter, die über das Display liefen, wirkten alle wie aus Plastik. Manchmal stellte ich mich nach dem Duschen vor den Spiegel, berührte meine Hüfte und strich über meine Brüste, prüfte, ob die Zweisamkeit mit Giovanni auch meinen Körper welken ließ. Von meinem Spiegelbild versuchte ich abzulesen, ob ich einem Mann noch gefallen konnte oder ob ich mit siebenundvierzig schon auf den Müll gehörte. Ich musste an Filip denken. Wenn wir miteinander schliefen, setzte er sich danach immer an den Küchentisch und rauchte, dann schlüpfte er zurück unter die Decke, wollte, dass ich ihm den Rücken kratzte, und schlief ein. Seit er aus Rădeni fortgegangen war, hatte ich nicht mehr mit ihm gesprochen. Manchmal bekam ich einen Anfall, wollte zum Handy greifen und ihn fragen, ob er es richtig fand, dass wir durch die Weltgeschichte turnten und euch zwei allein ließen. Waisenkinder sind sie geworden, siehst du das nicht?, hätte ich am liebsten geschrien. Manchmal hätte ich ihm aber einfach auch nur gern gesagt: Du hast zwar alles den Bach runtergehen lassen, aber ich weiß, dass du mich liebst.

»Was machst du denn zu Hause?«, fragte Clarissa.

»Überstunden.«

»Was?!«, und dann hielt sie mir eine Gardinenpredigt, die sich gewaschen hatte. »Du bist verrückt, sieben Tage die Woche zu arbeiten! Du musst mal abschalten, unter Leute gehen!« Und sie erzählte mir von Kolleginnen, die wie ich die ganze Zeit in einer Wohnung mit Alzheimer- oder Parkinsonpatienten hingen und irgendwann mit dem Trinken anfingen oder depressiv wurden.

»Aber ich schaff das!«, entgegnete ich.

»Hör auf, die Allmächtige zu spielen. Weißt du eigentlich, dass es in Iași eine Klinik voll mit Frauen wie dir gibt, die alle auch mal behauptet haben, sie würden das schaffen?«

»Eine Klinik?«

»Hör zu, Daniela, diese Arbeit frisst dich auf, sonst würden sie die Italiener nämlich selber machen. Vor zwei Jahren habe ich mich um eine Frau mit Alzheimer gekümmert, und nach ein paar Monaten hatte ich das Gefühl, ich würde mein Gedächtnis verlieren, wie sie.«

»Und was soll ich deiner Meinung nach tun?«

»Ruf den Sohn des Alten an und sag, er soll dich ablösen.«

»Und welche Ausrede soll ich mir ausdenken?«

»Keine Ausrede, sag ihm einfach, du müsstest mal an die frische Luft!«, antwortete sie schroff.

Ernesto war genervt und protestierte, er müsse Besorgungen machen, ich könne ihm nicht auf den letzten Drücker so die Pistole auf die Brust setzen: »Unter der Woche komme ich ja nie dazu.«

Trotzdem war er eine Stunde später da, und als ich Clarissa in der Via Cairoli traf, war ich tatsächlich froh. Ich atmete tief ein und hätte am liebsten gelacht vor lauter Freude, so unerwartet unter Leuten zu sein. Ich wollte Ernesto anrufen und fragen, wie es Giovanni gehe, doch Clarissa nahm mir das Handy ab und steckte es zurück in meine Tasche.

»Wenn du keine Schicht hast, musst du an anderes denken.«

»Und wenn er mich braucht?«

»Wenn er dich braucht, wird er dich anrufen, verlass dich drauf.« Und dann fing sie wieder mit der Geschichte von ihrer Alten an: »Kaum hatte ich einen Fuß nach draußen gesetzt, da riefen schon die Kinder an, weil sie nicht allein mit ihr klarkamen, und ich bin wie ein Vollidiot zurückgerannt. Ich strich ihr übers Gesicht, sang leise ein Lied, massierte ihr die Schulter, um sie zu beruhigen. Die alte Dame wollte nur mich. Und weißt du, was passiert ist, kaum dass sie gestorben war? Die Kinder sagten, ich müsse in ein paar Tagen raus aus der Wohnung, sie hätten sie bereits vermietet.«

»Hör auf, Clarissa, du machst mir Angst!«

»Es gibt Schlimmeres, manche Leute misshandeln die Alten sogar. Ich will dir nur sagen, dass du auf dich aufpassen musst.« Darauf umarmten wir uns auf der Straße wie zwei Schulkameradinnen.

Wir gingen in einen chinesischen Schönheitssalon, wo wir uns schminken ließen, dann begleitete ich sie zum Haarefärben, dieses Mausgrau war wirklich unmöglich. »Jetzt hörst du mir mal zu, ja, du siehst älter aus als deine Alte, so kannst du unmöglich herumlaufen!«, sagte ich, um sie zu überzeugen.

Die Accademia di Brera hatte an dem Tag geschlossen, also bestiegen wir den Dom, was selbst Clarissa noch nie gemacht hatte. Sie tat so, als wüsste sie alles über die Stadt, aber auch sie war allein und hatte Träume, die sie meiner Meinung nach ganz still tief drinnen für sich behielt. Wie schön wäre es gewesen, wenn du mit mir hier auf dem Dach dieser Kathedrale hättest sein können: Dann wäre mir beim Hinunterschauen nicht schwindelig geworden.

»Wie viel Geld die Leute haben müssen, die hier leben … In dieser Gegend sollte man sich einen Liebhaber zulegen und ihn dann ausnehmen wie eine Weihnachtsgans!«, rief Clarissa und gluckste.

»Hast du kein Heimweh?«

»An manchen Tagen schon, an andern überhaupt nicht«, sagte sie. Sie beugte sich hinunter und betrachtete die Piazza, auf der es von Menschen nur so wimmelte.

»Echt?«

»Mein Mann und ich haben uns getrennt, meine Kinder sind erwachsen«, überlegte sie laut. »Und in Rădeni kennt mich doch keiner mehr, viele grüßen nicht mal, andere ziehen hinter meinem Rücken über mich her. Die Leute meinen, wer hierher zum Arbeiten kommt, wird Millionär, ohne einen Finger krummzumachen.« Sie schüttelte den Kopf. »Und außerdem ertrage ich den Dreck nicht mehr, seit ich in Italien lebe, die Schlaglöcher, bestimmte Verhaltensweisen …«

»Ich hab noch nicht rausgefunden, wie das geht, hier gut zu leben.«

»Dafür komme ich mir richtig emanzipiert vor, Daniela«, rief sie. »Ich hab vielleicht nicht die Arbeit, die ich mir erträumt habe, die Sachen aus dem Studium hab ich vergessen, und der Job als Pflegerin ödet mich an. Aber dann kommt der Samstag, und ich laufe herum, treffe mich, mit wem ich will, und keiner macht mir Vorschriften.« Und dann erzählte sie mir, dass sie neulich über Tinder einen Typen kennengelernt und mit ihm geschlafen habe. »Es war schön«, sagte sie und schaute mir ins Gesicht. »Ich hab das gebraucht, weißt du? Außerdem war es nichts Schmutziges. Hinterher haben wir Ravioli gegessen, und er hat mich im Auto nach Hause gebracht.«

»Wirst du ihn wiedersehen?«

»Keine Ahnung«, antwortete sie.

Wir liefen durch die Straßen von Brera, kauften von einem Blumenverkäufer, der auf dem Gehweg kauerte, zwei Nelken, dann lud Clarissa mich zum Aperitif ein. Obwohl es kalt war, wollte sie draußen sitzen. An den Tischen im Freien saßen nur wir beide und zwei Verliebte um die zwanzig. Wir tranken drei Spritz und bedienten uns am Buffet, als wären wir am Verhungern.

Beschwipst kam ich nach Hause zu Giovanni. Ich beugte mich herunter und gab ihm einen Schmatz. Überrascht sah er mich an und kicherte: »Hoho, da hat sich aber jemand ganz schön einen gezwitschert, was?«

»Was redest du da, Giovanni?«

»Doch, doch, du riechst nach Campari!« Und dabei weiteten sich seine Augenschlitze vor Freude, dass ich wieder da war.

Um sieben Uhr klingele ich, zehn Minuten später kommt Alina, die Schwester, die mich nicht ausstehen kann, und öffnet mir.

»Die haben ihn für weitere Untersuchungen mitgenommen. Kommen Sie in ein paar Stunden wieder.« Dann höre ich, wie sie einer Kollegin zuflüstert: »Pass auf, gleich will sie mit in die Röhre …« Die andere kann sich nur mit Mühe beherrschen, um nicht loszuprusten.

Ich gehe meine Daunenjacke und Tasche holen. Eine Reinigungskraft in blauer Montur ist dabei, das Sprechzimmer zu putzen, in dem ich mein Lager aufgeschlagen habe.

»Wenn Sie wollen, mache ich das«, sage ich entschuldigend, doch sie öffnet die Fenster und macht weiter, ohne auch nur zu antworten.

Ich streune durch die Abteilungen, bis ich auf wundersame Weise in der Geburtenstation lande. Hier bin ich geboren, und hier habe ich meine Kinder zur Welt gebracht. Schon damals hatte der Saal, in dem die Kaiserschnitte durchgeführt werden, ein Guckfenster zum Gang: Sobald die Hebamme das Neugeborene hochhob, nahm der Vater die Nase von der Scheibe und lief herbei, um es auf den Arm zu nehmen. Bei Filip war es nicht anders. Damals hatte Filip ein anderes Gesicht als heute, er trug die Haare nach hinten, und seine Schultern waren breit und gerade. Bevor er zur Arbeit ging, gab er mir einen Kuss, und ich stand an der Türschwelle und sagte, er sehe aus wie ein Gangsterboss.

»Besser Gangster als Arbeiter«, antwortete er und zwirbelte sich den Schnurrbart.

Sein Traum war immer, einmal viel Geld zu haben, vermutlich träumt er noch heute davon. Aber nicht, um sich davon Autos, Schmuck und Kleider zu kaufen, sondern nur, um durchs Leben zu gehen, ohne etwas machen zu müssen. Er mag es, durch die Straßen von Rădeni zu schlendern, mit jedem, der ihm begegnet, ein Schwätzchen zu halten, dann einzukehren, den anderen einen auszugeben und darüber die Zeit zu vergessen. Filip ist wie ein Pubertierender: Den einen Tag gibt er sich mächtig erwachsen, und tags darauf führt er sich auf wie ein Kind. Gibt's ein Problem, das ihm über den Kopf wächst, verpisst er sich einfach.

Hinter den Scheiben warten zwei angehende Väter, eine Krankenschwester spricht mit einer Wöchnerin, mehrere junge Frauen im Nachthemd gehen hin und her, die Hände in die Hüften gestemmt. Ich betrachte die Wände, die Fenster, den

Warteraum. Ich kann nicht sagen, ob es noch genau so ist wie damals, als ich entbunden habe, ich erinnere mich nicht an die Einzelheiten. Ich erinnere mich nur, dass ich nach der Geburt einen Hefegeruch in der Nase hatte.

In der Krankenhauskantine esse ich einen Salat. Angelica hat versprochen, mir Zucchinibällchen und Spinatomelette mitzubringen, dann muss ich morgen kein Geld ausgeben. Meine Tochter kritisiert mein Verhalten hier nicht, und sie wird auch nicht mehr wütend, sie bemitleidet mich und vertraut sich mir nicht mehr an. Sie hat gelernt, allein zurechtzukommen, und tut das auch jetzt, da ich zurück bin. Manchmal kommt es mir vor, als hätte ich ihr die Jugend genommen, und sie verabscheut mich deshalb. Wenn ich sie umarme, steht sie starr da und schaut woandershin.

»Sind Sie nach wie vor entschlossen, in diesem Sprechzimmer zu schlafen?«, fragt Doktor Petran.

»Aber ja.«

»Wenn es Sie glücklich macht …«, sagt er, während er auf dem Zahlenfeld neben der Tür den Code eingibt. »Waren Sie beim Psychologen?«

»Noch nicht.«

»Warten Sie draußen, bis ich die Visite beendet habe«, befiehlt er und reicht mir einen Handzettel.

Ohne Neugier werfe ich einen Blick darauf und zerknülle ihn, ehe ich verstanden habe, was dort steht.

»Nicht wegwerfen«, sagt Doktor Petran, der unbemerkt hinter mich getreten ist. »Ich weiß, Sie haben im Moment anderes im Kopf, und das verstehe ich. Aber auf diesem Zettel geht es um Sie, um Frauen, die die gleiche Arbeit machen wie Sie. Gerade jetzt, wo alles so kompliziert ist, könnte es nützlich für Sie sein, andere Mütter kennenzulernen, die in einer ähnlichen Lage sind.« Und während er das sagt, deutet er ein Lächeln an und legt eine Hand auf meine Schulter in der Hoffnung, dass ich die Faust mit dem Zettel öffne.

Ich schaue ihm nach, und als sich die Tür zur Intensivstation hinter ihm schließt, falte ich das zerknitterte Papier auseinander und lese. Es geht um ein vom Krankenhauspsychologen organisiertes Treffen, das Samstag im Vortragssaal stattfinden wird. ITALIENKRANKHEIT steht da. Ich checke das Wort im Internet: Damit bezeichnen Psychiater eine spezielle Form von Depression, die jene befällt, die jahrelang fern von zu Hause und den Kindern leben, um anderswo Alte, Bedürftige und Kranke zu versorgen. Ich lese den Handzettel noch einmal, betrachte das Schwarz-Weiß-Foto der Frau, die da abgebildet ist, streiche mit dem

Daumen das Papier glatt: Sehr dünn ist sie, der Blick abwesend, das Kinn vorstehend, die Lippen glänzend. Ich betrachte sie lange, wie um mich in ihr wiederzuerkennen. Ein letztes Mal lese ich die Einladung, dann zerreiße ich das Papier, bis die Fitzelchen einen kleinen Haufen bilden, und gehe zur Treppe.

Draußen riecht es nach Staub und trockenen Blättern. Ich betrachte die Eichen, zähle die Äste, versuche nur an die Bäume zu denken, die wie eine Mauer zwischen dem Krankenhaus und der Welt stehen. Wer weiß, vielleicht kenne ich diese Eichen eines Tages so gut, dass ich jeder einen Namen gebe.

»Weißt du eigentlich, dass ihr beide hier geboren seid, du und Manuel?«, frage ich Angelica, kaum dass sie da ist.

»Natürlich, Mama, alle wissen, wo sie geboren sind.«

»Im Kaiserschnitt-Saal.«

»Bin ich auch durch Kaiserschnitt auf die Welt gekommen?«

»Ja, du hattest die Füße vorn und wolltest dich einfach nicht umdrehen, der Arzt hat irgendwann ein komisches Manöver probiert und sich auf meinen Bauch gestützt und gedrückt, bis ich schrie, er soll aufhören.«

Angelica zieht kräftig an ihrer Zigarette, damit sie nicht ausgeht, dann lächelt sie. Könnte ich selbst das Rauchen lassen, würde ich sie auch darum bitten.

»Am Meer trage ich immer einen Einteiler, um die lange, knotige Narbe zu verbergen.«

»Hast du dich auch vor Papa geschämt?«

»Ein bisschen schon.«

»Ich dachte, bei ihm hättest du dich für gar nichts geschämt.«

»Als müsste man nur heiraten, und schon schämt man sich nicht mehr …«

Sie lächelt wieder, und endlich schaut sie mir in die Augen: »Wollen wir mal einen richtigen Cappuccino trinken gehen?«

»Einverstanden«, antworte ich unsicher.

Sie hängt sich bei mir ein, und so gehen wir zum großen Platz. Seit meiner Ankunft im Krankenhaus haben wir nicht mal was zusammen gegessen. Ich möchte Angelica so viel sagen, aber ich finde nie die richtigen Worte. Wenn sie bei mir ist, sind plötzlich alle Gedanken weg.

Durch die Fensterscheiben der Bar beobachte ich gedankenverloren die Leute, die aus den Bussen steigen, die Geschäfte betreten und verlassen, die Straße überqueren. Das Gedröhne des Verkehrs verwirrt mich. Wie wenig Zeit es braucht, um die zu vergessen, die weiterleben, die großen und kleinen Dinge, die ständig geschehen und von denen nicht einmal ein Echo ins Krankenhaus dringt, weil es da völlig in Ordnung ist, nur um sich selbst zu kreisen.

Angelica schlürft langsam den Cappuccino, wie als Kind ihre Milch. Ich verkneife mir, sie darauf aufmerksam zu machen. Der Geist tut das automatisch, ständig vergleicht er die Gesten des Heute mit denen aus der Zeit, als ich noch eine Mutter war.

»Wie schnell es dunkel wird«, sage ich und schaue in den Himmel.

»Du wirst sehen, im Sommer sind wir alle wohlauf und feiern mit Oma auf dem Land.«

»Meinst du wirklich?«

»Ja, sicher.«

»Denkst du, es war ein Unfall?«

»Ich weiß es nicht, Mama. Seit Opas Tod war er immer allein, er hatte mit allen Stress.«

»Warum?«

»Du glaubst doch nicht, er hätte mit mir darüber geredet.«

»Ja hat er denn gar nichts angedeutet?«

»Manchmal hat er gesagt: ›Ich komme mir vor, als wäre ich vollkommen allein auf der Welt.‹«

An einem Tag, an dem die Sonne schien, bereitete ich Pastrami zu und drängte Giovanni,
auch etwas davon zu essen. Ich machte zwei Formen voll und behielt eine für mich. Für das Rezept
hatte ich Rindfleisch und Gewürze eingekauft;
neben Ingwer und Nelken hatte ich ein Majoran-
pflänzchen mitgebracht, das ich auf den Kühlschrank stellte. Der Duft verbreitete sich in der Küche. Wenn ich daran zurückdachte, wie bei meiner
Ankunft die ganze Wohnung nach Gemüsesuppe
gemieft hatte und jetzt alles in Ordnung war, die
Zimmer gelüftet und der Boden mit Chlorbleiche
gereinigt, wurde ich richtig wütend, dass ich hier
noch immer nur schwarzarbeitete.

Ich hatte es so satt, Überstunden zu machen und
die Wohnung der Nachbarin eins höher zu putzen.
Und so schnitt ich das Fleisch in dünne Scheiben,
tat Sauerkraut dazu und belegte damit einen ganzen Teller voller kleiner Brötchen, die ich dann in
Alufolie einpackte. Das Ganze steckte ich in einen
Stoffbeutel und ging in den Park, im Kopf ein
Wort, das Clarissa gesagt hatte und das mir nicht
mehr aus dem Sinn ging: *emanzipiert*. Ich konnte

mich nicht erinnern, es je benutzt zu haben. »Frei«, »unabhängig«, diese Wörter hatte ich schon gebraucht, aber »emanzipiert« noch nie. Im Internet sah ich die genaue Bedeutung nach und kam zu dem Schluss, dass ich mich weder von meinen Eltern noch von meinem Mann und auch nicht von dem Ort, in dem ich aufgewachsen war, emanzipieren musste. Emanzipieren musste ich mich nur von mir selbst, und da ich tagsüber schuftete, hatte ich das Recht, rauszugehen und mich abzulenken, ohne Schuldgefühle euch gegenüber, denn nur euretwegen führte ich dieses Leben. Clarissa hatte recht: Ich konnte wirklich ein bisschen mehr auf mich achten und mich ein bisschen besser kleiden, ohne gleich ein schlechtes Gewissen zu haben, weil ich mich ein paar Stunden amüsierte. Giovannis Körper, an dem ich ständig herumdoktern musste, ließ mich an die Zeit denken, als ich noch wählen konnte, wen ich berühren wollte und wer mich berühren durfte. Er hingegen verlangte, dass ich ihm die Nase putzte, als ob es ihm zustände, und wenn ich antwortete, er solle es doch selbst tun, brummte er in seinem Dialekt: »Aber ich bin doch dein Kunde!«

Ich streifte durch den Park, betrachtete das Sonnenlicht zwischen den Bäumen und darüber den kristallblauen Himmel. Es schien, als wäre der

Frühling gekommen, um mich zu befreien, und ich musste wieder an Rădeni denken, an die Schneeglöckchen und die Wildblumen, die im April am Waldrand blühten, unter den knospenden Bäumen.

Bei diesen Spaziergängen habe ich dir manchmal Fotos geschickt, und du hast geantwortet, du wärst jetzt gern bei mir. Dann habe ich mich auf eine Bank gesetzt und dir lange SMS voller Versprechungen geschrieben, die ich aber sofort wieder löschte: Es hatte keinen Sinn, dich nach Italien zu holen, zumindest solange ich mir keine eigene Wohnung leisten konnte. Wenn ich Giovanni ins Bett gebracht hatte, schaute ich stundenlang die Anzeigen durch, aber man musste kein Mathegenie sein, um zu erkennen, dass ich mir die Idee gleich wieder aus dem Kopf schlagen konnte. Wir hätten ins Umland ziehen, Geld für die S-Bahn ausgeben, die Wohnungskosten miteinberechnen, im Supermarkt die Sonderangebote kaufen müssen. Ich hätte nichts mehr zurücklegen können und dich nicht mal in eine Pizzeria einladen können.

Die erste Frau, der ich an diesem Tag in der Grünanlage begegnete, war Rumänin, da bin ich sicher. Ich weiß nicht, warum ich nicht den Mut fand, zu ihr zu gehen und ihr von meinem Pastrami anzubieten. Ich ging an ihr vorüber, schaute sie an und hoffte vergeblich, sie würde die Augen vom Handy heben. Nach ihr begegnete ich niemandem mehr. Neben den Rutschen und Schaukeln stand ein Grüppchen Philippinas, aber was sollte ich bei denen. Ich hätte sie nur in ihrer Unterhaltung gestört, und mein Pastrami hätten sie auch abgelehnt. Also setzte auch ich mich irgendwann hin und steckte die Hand in den Stoffbeutel. Ich aß wie eine Diebin.

»Willst du kaufen?«, fragte mich da ein junger, großgewachsener Afrikaner mit krausen Haaren und hielt mir ein Feuerzeug und eine Taschenlampe unter die Nase.

»Was soll ich damit?«, antwortete ich mit vollem Mund.

Da zeigte er mir Socken, dann ein Päckchen Tempos und schließlich geflochtene Armbänder.

»Ich kann mit dem Zeugs nichts anfangen.«

»Hast du einen Euro?«

»Nein«, sagte ich, und je länger ich ihn anschaute, desto jünger kam er mir vor.

»Und eine Zigarette?«

Ich schnaubte. »Hör zu, wenn du willst, kannst du was zu essen haben.« Ich holte den Teller aus dem Beutel und zeigte ihm die Brötchen mit dem Pastrami. Er sah mich überrascht an und sagte, in seinem Land esse man, wenn es etwas zu essen gebe.

»Hunger hab ich jedenfalls«, sagte er.

»Dann setz dich.«

Im nächsten Augenblick bereute ich, dass ich ihn so nah an mich herangelassen hatte. Ringsum war kein Mensch, und seine Hände waren groß und lang, er hätte mir alles Mögliche antun können. Ich stellte die Tasche auf die andere Seite und versuchte heimlich, den Reißverschluss zu schließen.

Wir kauten, ohne uns einander vorzustellen. Der Junge aß in großen Bissen und sagte immer nur: »Lecker ist das!«

»Wenn's Pastrami gibt, jubeln meine Kinder«, erzählte ich ihm.

»Ich habe auch eine Familie, drei Kinder.«

»Gibt es in deinem Land auch so ein Gericht?«

»Im Senegal essen wir Thiéré.«

»Und was ist das?«

»Couscous mit Gemüse, Tomaten und ein paar anderen Zutaten.«

»Das klingt nicht, als wäre es das Gleiche«, wandte ich ein.

»Stimmt, aber es schmeckt trotzdem lecker.«

»Ich wette, deine Mama ist die beste Köchin.«

»Und ob!«, rief er. Seine Mama sei in meinem Alter, fügte er hinzu.

Nachdem wir gegessen hatten, bedankte der junge Afrikaner sich mit einer halben Verbeugung, dann fragte er mich wieder, ob ich einen Euro hätte.

»Ich hab kein Geld, hab ich doch schon gesagt!«, antwortete ich gereizt, drückte ihm aber ein
paar Camel in die Hand. Daraufhin nahm er den
Teller und wusch ihn am Brunnen ab.

Während er ihn mit einem Papiertaschentuch
abtrocknete, stellte er sich wieder vor mich hin und
fragte: »Und wie gefällt es dir in Italien?«

»Ich arbeite bei einem Alten zu Hause und hab
das Gefühl, ich ersticke.«

»Ersticken?«, fragte er erstaunt. »Warum?«

»Ich weiß nicht … Das Leben bei ihm erschien
mir wie ein Ausweg, dabei ist es ein Gefängnis.«

»Manchmal ist es auf der Straße auch so, als
würde man ersticken«, sagte er und wedelte sich
dabei auf komische Art Luft zu.

Wir prusteten los, dann hob er die Kiste mit
dem Krempel hoch und verschwand zwischen den
Bäumen.

Während ich zu dir spreche, ruft eine Stimme von hinten: »Entschuldigung, bitte.«

Es ist der Patient mit den dicken Brillengläsern. Er möchte, dass ich ihm das Wasserglas reiche, das auf seinem Nachttisch steht.

»Vergeht die Zeit auf dem Stuhl da überhaupt?«, fragt er.

»Anfangs habe ich dauernd auf die Uhr geschaut, aber jetzt kommt es mir vor, als würden die Stunden verfliegen.«

»Ja ja … Die Zeit ist für alle gleich. Sie weiß ja nicht, ob man glücklich oder unglücklich ist«, sagt er lächelnd und hebt die Brauen.

»Was machen Sie beruflich?«, frage ich, um die Unterhaltung fortzuführen.

»Ich bin Professor, ich lehre Astronomie.«

»Wir wohnen auf dem Land, da sieht man die Sterne, selbst wenn es bewölkt ist.«

»Darf ich Ihnen einen Rat geben?«, fragt er und wechselt den Tonfall.

»Natürlich.«

»Spielen Sie ihm Mozart vor.«

»Mozart?«

»Ja, eine Sinfonie.«

Danach kann ich an nichts anderes mehr denken. Ich kenne Mozarts Sinfonien nicht, aber mir fallen die Songs ein, die du gehört hast, summend versuche ich, mir die Melodie eines Stücks in Erinnerung zu rufen, das du mir im Auto vorgespielt hast. Den Text weiß ich nicht, ich erfinde einfach einen, wie als Kind.

Ich gehe zum Rauchen hinaus in den Hof, wo ein ziemliches Hin und Her herrscht, medizinisches Personal, das von einer Baracke in die nächste geht, von Leuten, die abgehetzt irgendwohin laufen, in der Hand Zettel und Rezepte. Die Köchinnen, die im Kreis zusammenstehen und rauchen, stoßen sich mit dem Ellbogen an, als ich vorbeigehe, eine deutet mit dem Kinn auf mich. Ich bin schon zum Gespött des Krankenhauses geworden.

Noch ein Tag ohne Sonne. Wie gestern, als der Himmel bleigrau war und die Wolken wie Kleckse auf den Dächern der fernen Häuser lagen. Der Wind rauscht zwischen den Bäumen und bewegt ihre Kronen, ein eigenartiges Licht scheint durch ihr Geäst, die Luft riecht nach Regen.

Ich rufe Angelica an, ich habe Lust, ihr Hallo zu sagen. Sie kann sich heute Morgen nicht konzentrieren, erzählt sie mir, sie hat von Manuel geträumt.

»Was ist in dem Traum passiert?«

»Ich erinnere mich nicht daran«, weicht sie aus.

»Kommst du nachher?«

»Wenn du möchtest, komm ich jetzt auf einen Sprung vorbei.«

Während ich auf sie warte, gehe ich im Hof hin und her und summe diese Lieder, die ich nicht kenne. Ich betrachte die dicht an dicht stehenden Autos auf dem Parkplatz, die zuletzt gekommenen parken halb auf dem Gehweg. Die Wurzeln der Eichen graben Furchen in den Asphalt: Ich weiß nicht, warum, aber es macht mir Mut, wenn ich diese Furchen betrachte.

»Bist du es nicht langsam leid, immer nur hier drin zu sein?«, fragt Angelica.

»Nein, bin ich nicht.«

»Mich würde das verrückt machen. Ich finde, du solltest mal eine Pause einlegen, Oma besuchen und etwas Anständiges essen. Du überanstrengst dich.«

»Alles in Ordnung, wirklich.«

»Was machst du denn den ganzen Tag?«

»Ich schaue ihn an, ich bin bei ihm, ich rede mit ihm. Ich bin mir nicht sicher, ob er mich nicht doch hört. Solange sie mich nicht fortjagen, bleibe ich hier.«

Wir gehen über den Hof auf die andere Seite des

Gebäudes. Ob sie ihre Abschlussarbeit hat binden lassen und ob sie sich schon Gedanken gemacht hat, wie es nach dem Examen weitergehen soll, frage ich, sie antwortet wie üblich ausweichend. Ständig möchte ich mich bei Angelica entschuldigen, möchte ihr durch Aufmerksamkeiten zeigen, wie gern ich sie habe.

»Wollen wir einen Kaffee in der Kantine trinken?«, frage ich.

»Nein, ich hab vorhin schon einen getrunken.«

»Etwas anderes?«

»Nein, Mama, danke.« Dann hebt sie das Kinn und runzelt die Stirn. »Du siehst aus, als hättest du etwas auf dem Herzen.«

»Ach, lass mal, nachher regst du dich wieder auf.«

»Komm schon, spuck's aus.«

»Warum hast du mir nichts gesagt, als Manuel wochenlang nicht mehr zur Schule ging?«

»Hättest du denn etwas daran ändern können?«

»Das ist keine Antwort.«

»Und ob es eine ist, du hättest dich doch bloß aufgeregt. Oma und Opa fanden es auch besser so.«

»Was habe ich falsch gemacht?«

»Hör auf mit dieser fixen Idee, Mama, das ist doch sinnlos.«

»Die Polizei hat gesagt, an dem Moped sei alles in Ordnung gewesen, weißt du das? Der Lenker hat einwandfrei funktioniert.«

»Er wird nichts gemerkt haben …«

»Glaubst du, es ist meine Schuld?«

»Du redest immer nur von Schuld, Mama. Hör auf damit, das hab ich schon mal gesagt!«

»Was hab ich falsch gemacht?«

»Schluss jetzt!«, schreit sie wütend und steckt ihre Hände in die Taschen. »Wär ich doch bloß nicht hergekommen!«

»Du wolltest doch, dass ich es loswerde!«

»Dann hab ich mich eben geirrt!«, erwidert sie und lässt mich stehen.

Ich schaue ihr hinterher, sehe, wie ihre Gestalt immer kleiner wird, und erst als sie aus meinem Blickfeld verschwunden ist, laufe ich ihr zwischen den parkenden Autos hindurch nach. Ich packe sie bei der Jacke, Angelica dreht sich ruckartig um und reißt meine Hand los wie etwas, das in die Mülltonne gehört.

»Lass mich in Ruhe!«

»Gut, ich lass dich, nur eins noch. Manuels Bettnachbar meint, deinem Bruder würde es vielleicht guttun, wenn er Musik hört. Komm doch noch mal kurz mit hoch. Ich kann mich nicht mehr erinnern, welche Lieder er gemocht hat.«

Verdutzt und distanziert schaut Angelica mich an. Dann holt sie ihren iPod mit den verhedderten Kopfhörern aus der Tasche und gibt ihn mir.

»Hier, da drin gibt's einen Ordner, der heißt *Manuel*.«

Eines Nachmittags, als Giovanni schlief, wollte ich mir kurz die Beine vertreten. Ich ging in die Bar, bestellte einen Espresso und ein Glas Sprudel. Neben mir erzählte ein Mann dem Barista, er suche dringend ein Kindermädchen, seine Frau und er seien runter mit den Nerven. Ich erstarrte, die Tasse in der Hand, und betrachtete ihn verstohlen. Er war groß, trug feine Kleidung, einen schwarzen Mantel, auf Hochglanz polierte Schuhe. Auf die Schuhe müsse ich achten, hat meine Mutter mich gelehrt, an den Schuhen kann man sehen, ob einer reich oder arm ist. Der Barista hörte ihm aufmerksam zu und redete ihn nur mit »Avvocato« an. Ich tat, als studierte ich die Tüten mit den Bohnen über der Kaffeemaschine. Als er ging, legte ich Kleingeld neben die Tasse und lief ihm nach.

»Entschuldigung!«, rief ich. »Warten Sie doch!«

»Wer, ich?«, fragte er überrascht.

»Ich habe gerade unabsichtlich mitgehört, was Sie gesagt haben, ich hab neben Ihnen meinen Kaffee getrunken. Ich heiße Daniela, ich arbeite um die Ecke als Pflegerin. Mit Kindern kenne ich mich aus, wenn Sie möchten, können wir darüber reden.«

Verblüfft musterte er mich von Kopf bis Fuß und stotterte: »Na ja, eigentlich haben wir ja eine Agentur beauftragt, obwohl … es spricht ja nichts dagegen …«

Allein der Gedanke, mit Kindern zu tun zu haben, ließ mich aufleben, deshalb wollte ich ihn auf der Stelle überzeugen, ihn beschwören, dass er mir vertrauen könne.

»Bitte entschuldigen Sie meinen Aufzug … ich bin nur mal eben runter, um einen Kaffee zu trinken.«

»Ich bitte Sie, Sie brauchen sich nicht zu entschuldigen.«

Als ich zu Giovanni zurückkehrte, fühlte ich mich, als hätte ich meinen Ehemann betrogen. Er hatte Hunger und fragte, was ich eingekauft hätte. Da ich mit leeren Händen wiedergekommen war, zeigte ich ihm einige ungeöffnete Schwämmchen, die unter dem Spülbecken lagen. Er schüttelte den Kopf und ging, auf seinen Stock gestützt, ins Zimmer.

Ich rief Clarissa an. Sie meinte, ich hätte genau richtig gehandelt, und wenn sie mich nähmen, müssten wir aber ein Fläschchen köpfen.

»Als ich das erste Mal einen Vertrag bekam, habe ich allein in meinem Zimmer gefeiert. Sogar geschminkt habe ich mich!«, sagte sie und lachte.

Rechtsanwalt Carlo Buccheri besaß eine riesige, lichtdurchflutete Wohnung, die Außenwand des Wohnzimmers war eine einzige Glasfront auf den Viale Zara. Seine Frau bot mir Tee an, den wir auf einem weißen Sofa tranken. Wir hatten uns noch nicht lange unterhalten, als die Kinder aus ihrem Zimmer gelaufen kamen. Olivia, die Kleine, war vier Jahre alt, Gianluca zehn. Er hatte ein Schmollgesicht und gähnte ununterbrochen, als würde er sich wahnsinnig langweilen. Vom ersten Augenblick legte er es darauf an, mich zu provozieren und zu schauen, wie viel Ungehorsam er sich leisten konnte.

»Das ukrainische Kindermädchen, das die letzten drei Jahre bei uns war, ist fort«, erklärte der Avvocato. »Wieder von vorn beginnen ist nicht leicht.«

»Warum ist sie fort?«

»Sie ist zu ihrer Familie zurückgegangen«, antwortete die Mutter.

»Gianluca ist ein bisschen anstrengend«, wechselte er das Thema. »Er ist hyperaktiv und kann nur mit Mühe stillsitzen. Man muss ihn an der kurzen Leine führen.«

»Jeder ist auf seine Weise anstrengend«, antwortete ich voller Überzeugung.

Olivia hatte große und lebhafte nussbraune

Augen und ein pfiffiges Gesicht, das jeden sofort für sie einnahm. Als ich versuchte, ihr etwas zu erklären, nannte ich sie Schätzchen. Aber ich musste es mir nicht abzwingen wie damals, als ich Giovanni noch nicht so gut kannte und ihn beim Namen rufen musste und er zu mir – je nachdem, wie er drauf war – mein Augenstern oder rumänische Nutte sagte.

Nachdem die Kinder wieder in ihrem Zimmer verschwunden waren, fasste ich mir ein Herz und fragte: »Wenn Sie mich einstellen, bekomme ich dann einen Vertrag?«

»Für wen halten Sie uns?«, fuhr Carlo auf.

»Ach wissen Sie, das ist halt keine Selbstverständlichkeit«, erwiderte ich, so unbefangen es ging, und nachdem er mich eine Weile mit gerunzelter Stirn gemustert hatte, entspannten sich seine Züge, und er wirkte verständnisvoller.

Meine Aufgaben würden darin bestehen, die Kinder in die Schule zu bringen und sie um halb zwei wieder abzuholen. In der Zwischenzeit sollte ich mich ums Haus kümmern sowie etwas zum Mittag- und Abendessen kochen.

»Unsere Kinder sind keine guten Esser, am liebsten mögen sie Nudeln mit Pesto«, sagte die Signora, die als Rechtsanwältin in der gleichen Kanzlei wie ihr Mann arbeitete. »Bitte achten Sie darauf, dass Gianluca im Sitzen isst und nicht durch die Wohnung läuft. Er ist ein bisschen rebellisch, das haben Sie ja schon mitbekommen.«

»Samstagnachmittags hat er ein Fußballspiel, zu dem Sie ihn bitte begleiten, wenn wir einen Gerichtstermin vorbereiten müssen«, ergänzte Carlo.

»Bei den Hausaufgaben hilft eine Studentin, mit der wir sehr zufrieden sind«, sagte die Signora.

»Wenn Sie wollen, kann ich ihm helfen.«

»Nein danke, um die schulischen Dinge soll sich eine Italienerin kümmern.«

Eines Sonntags schickten die Anwälte eine Nachricht und luden mich zu ihnen zum Frühstück ein. Sie ließen mich auf dem weißen Sofa Platz nehmen, und Carlo besprach mit mir Gehalt und Vertrag. Dann kamen die Kinder, kicherten über etwas, das sie im Flur zueinander gesagt hatten. Nachdem sie ihren Fruchtsaft getrunken hatten, meinte der Vater, ich solle mich neben Gianluca setzen. Ich reichte ihm die Hand, die er flüchtig berührte, wie jemand, der eine Liebkosung stiehlt. Da habe er aber wirklich einen schönen Trainingsanzug an, sagte ich.

»Zeigst du mir ein Foto von deinen Kindern?«, fragte Olivia.

Kaum hatte ich ihr das Handy gegeben, riss Gianluca es ihr aus der Hand und streckte den Arm so hoch, dass sie es nicht zu fassen kriegte. Olivia begann zu weinen, und die Eltern schauten mich an wie zwei Prüfer.

»Man reißt einander keine Dinge aus der Hand, gib deiner Schwester sofort das Handy zurück«, sagte ich streng zu dem Jungen und zeigte ihm mit dem Finger, was er tun sollte.

Gianluca erstarrte und schaute zu den Eltern, wie um herauszufinden, ob er gehorchen sollte. Ich stand auf und ließ ihn nicht aus den Augen, bis er das Handy zurückgegeben hatte. »Jetzt setz dich her zu mir, und dann schauen wir uns alle drei gemeinsam die Fotos an.« Als wir saßen, fuhr ich ihm mit der Hand übers Haar: »Du bist so ein hübscher Junge, versuch doch einfach, auch ein lieber Junge zu sein«, sagte ich und zwinkerte ihm zu.

Die Familie verharrte in ehrfürchtigem Schweigen. Schließlich durchbrach der Vater es und lud mich ein, zum Mittagessen mitzukommen. Mit dem Auto fuhren wir zu einem Ferienbauernhof in einem Dorf namens Gaggiano. Wir überquerten den Naviglio, wo wir ausstiegen und aufs Wasser schauten, das voller Sonnenringe war.

Als wir Siedfleisch mit Salsa verde aßen, fiel mir ein Rezept meiner Mutter ein.

»Ich vermisse die rumänische Küche so … Wenn Sie möchten, kann ich einmal ein typisches Mittagessen kochen«, schlug ich vor.

Alle waren begeistert, und ich dachte bei mir, dass ich es bei ihnen gut haben würde. Mit Gianluca würde es bestimmt nicht einfach werden, denn er war wirklich unruhig und übergriffig, aber in jedem Fall wäre es leichter, als Giovanni zu pflegen. Olivia erinnerte mich an Angelica, als sie klein war, aber vielleicht hätte mich in dem Moment jedes kleine Mädchen an sie erinnert. Ich war jetzt schon so lange aus Rădeni fort, dass ich euch in den Gesichtern Unbekannter zu erkennen meinte.

»Und ihr bringt mir bei, wie die Dinge heißen, deren italienische Namen ich nicht kenne, ja?«, sagte ich im Auto zu den Kindern. »Manchmal fällt mir das genaue Wort nicht ein, und ich bringe alles durcheinander ...«

»Au ja, dann spielen wir Quiz mit dir!«

»Tolle Idee!«

Ich rief Ernesto an und sagte, ich müsse mit ihm reden. Ich ging nur noch einmal aus, um in die Stadt zu fahren und mir ein Kleid zu kaufen, wenigstens an meinem ersten Arbeitstag bei den Anwälten wollte ich mich in einem anständigen Aufzug präsentieren. Die übrige Zeit verbrachte ich damit, Wäsche zu waschen und meine herumliegenden Sachen einzusammeln.

Ernesto stand in der Zimmertür und brüllte mich an. Er könne es nicht fassen, sagte er immer wieder. Ich hatte Angst, er könnte mir etwas antun.

»Ich hab mich auf dich verlassen!«, rief er, während ich meinen Koffer schloss.

»Ich auch, ich hatte geglaubt, du würdest mich richtig anstellen.«

»Das hätte ich auch!«

»Und warum hast du es dann immer auf die lange Bank geschoben? Seit eineinhalb Jahren pflege ich jetzt schon deinen Vater, das ist respektlos!«

»Ich kümmere mich gleich heute darum.«

»Nein, jetzt ist es zu spät.«

Ich stellte den Koffer an der Tür ab und ging in die Küche, um nach der Gemüsesuppe zu schauen, die ich für Giovanni gekocht hatte, mit frischem Gemüse vom Markt. Ernesto wollte mich nicht gehen lassen und fing wieder mit der Geschichte von der Scheidung an, die ihn völlig in Anspruch nehme. Ich legte ihm ans Herz, seinen Vater nicht wieder in den Zustand abgleiten zu lassen, in dem ich ihn damals vorgefunden hatte, und diesmal war ich es, die ihm die Arzneien aufzählte und die Anweisungen der Geriaterin weitergab.

Als alles geregelt war, ging ich mich von Giovanni verabschieden, der, betäubt von den Beruhigungsmitteln, die er inzwischen auch nachmittags nehmen sollte, in seinem Sessel döste. Seine Strickjacke war warm von der Sonne.

»Giovanni, ich muss gehen. Ich arbeite nicht mehr hier«, sagte ich, neben dem Sessel kniend wie am ersten Abend, als ich ihn fragte, ob wir zusammen die Quizsendung anschauen wollten.

Mühsam öffnete er die Augen.

»Hast du verstanden, was ich gesagt habe? Ich geh fort.«

Er nickte. »Gut so, geh zurück zu deinen Kindern.«

Um acht brachte ich Gianluca zur Schule. Es waren ausschließlich Frauen aus Rumänien, der Ukraine oder Südamerika, die die Kinder in die Via Palermo begleiteten und wieder abholten. Danach brachte ich Olivia in den Kindergarten. Da Olivia aber sehr anfällig war und sich jeden Schnupfen einfing, blieb sie oft vormittags zu Hause: Stundenlang dachte ich mir dann auf der bunten Bodenmatte Spiele aus oder versuchte sie vom Fernseher loszueisen, wo sie gebannt Zeichentrickfilme guckte. Ich hätte gern gründlicher geputzt oder mal etwas Aufwändigeres gekocht, aber meist fehlte mir dazu die Zeit.

Wenn es nicht regnete, tranken wir nach der Schule in der Bar einen Fruchtshake und gingen dann in den Park. Gianluca führte sich auf wie ein scheuendes Pferd: Während Olivia und ich gesittet spazierengingen, rannte er vor und zurück, gab dabei die unsinnigsten Laute von sich und hörte nicht eine Sekunde auf das, was ich sagte. Die ersten Tage brüllte ich mir noch die Lunge aus dem Hals und rief ständig: »Bleib stehen!«, doch rasch begriff ich, dass ich damit nur allzu deutlich meine Schwäche zeigte. Also lernte ich, wenige, dafür präzise Anweisungen zu geben und ihm dabei in die Augen zu schauen, ihm maßvoll zu drohen und ihn am Arm festzuhalten, so dass er mir zuhören musste.

»Nimm deine Schwester bei der Hand und dann bleibt ihr schön hier vor mir, sonst geht's ab nach Hause«, befahl ich streng. Erst sah Gianluca mich nur wütend an, doch als er merkte, dass es mir ernst war, gab er sich geschlagen und gehorchte. Anderen zu gehorchen erschien ihm ungerecht, hinterher war er müde. Dann legte ich ihm die Hände auf die Schultern, wie ich es bei Giovanni getan hatte, wenn er seine Erstickungsanfälle hatte, massierte sie ein wenig, woraufhin er verschmitzt sagte: »Meine Mama massiert mich nie.«

»Na, dann bitte sie doch mal drum.«

»Keine Lust«, entgegnete er mürrisch, entwand sich meinem Griff und rannte wieder los.

Wenn sie Hand in Hand gingen, blieb ich hinter ihnen und beobachtete sie. Ich liebte und hasste diese Kinder. Im Nu hatte ich durch sie wieder das Gefühl, eine Mutter zu sein, du kannst dir nicht vorstellen, wie sehr ich das brauchte. Ohne Mann hält man es letztlich aus. An Männerkörper dachte ich immer seltener, als hätte ein neues Schamgefühl von mir Besitz ergriffen. Außerdem litt ich unter Appetitlosigkeit, lief ständig in Pantoffeln rum, hatte keinen Freund – wie hätte ich da dieses Verlangen empfinden können, das einen packt, wenn man unbeschwert und verliebt ist? Aber Mutter zu sein ist kein Verlangen. Das ist mehr wie ein Instinkt. Ein Instinkt, der selbst dann lebendig ist, wenn du krank wirst, dich kaum noch auf den Beinen halten und keinen klaren Gedanken fassen kannst. Manchmal sagte ich mir, ich müsse Olivia und Gianluca doch dankbar sein. Dann wieder wollte ich diese Rolle nicht mitspielen, ihnen meine Zuneigung nicht geben, wollte nicht all diese Geduld mit ihnen haben. Dann packte mich eine Wut, die anders war, als was ich kannte. Ich sagte mir: Diese beschissenen Anwälte haben sich für tausenddreihundert Euro im Monat meine Liebe gekauft. Aber ihre Kinder gewaschen, angezogen, bekocht und mit ihnen auf der Matte gespielt habe ich, ich hab mir ihre Gedanken angehört und ihre Launen ertragen.

Wenn Francesca um acht Uhr abends zum Essen nach Hause kam, wechselte sie mit Olivia und Gianluca bei Tisch höchstens ein paar Worte, hängte sich gleich wieder ans Handy und bat mich, mich noch ein bisschen um die Kinder zu kümmern, bevor ich sie zu Bett brächte, sie müsse noch mit ihrem Mann darüber sprechen, wie es bei Gericht gelaufen sei. Also ging ich mit den beiden ins Kinderzimmer, und während ich zusammen mit Gianluca Lego-Türme baute und mit Olivia Mary Poppins spielte, fragte ich mich, wozu sie überhaupt Kinder in die Welt gesetzt hatten, wenn die immer erst nach ihren Streitfällen kamen. Eines Abends erzählte ich Angelica davon, die entgegnete: »Wieso? Bist du denn bei uns geblieben?«

»Ich hab getan, was ich tun musste.«

»Dann solltest du dich vielleicht selbst mal fragen, wieso du uns in die Welt gesetzt hast.«

Jedenfalls hingen die Kinder bald so an mir, dass es Francesca zu viel wurde und sie eines Abends meinte, wenn sie zu Hause sei, solle ich mich zurücknehmen und zurückziehen. Also räumte ich ab und ging in mein Zimmer. Aber das dauerte höchstens ein paar Tage, dann klopfte sie an meiner Tür, ob ich sie wieder übernehmen könne, ihr Mann wolle sie zum Essen ausführen.

Manchmal, wenn sie nach Hause kam, saßen wir am Tisch und malten, überall lagen Stifte und Spitzerspäne herum. Die Kinder waren so ins Zeichnen versunken, dass sie kaum den Kopf hoben. Sie stand da, betrachtete ihre Kinder und legte nicht mal die Handtasche aufs Sofa, beeindruckt von der vollkommen friedlichen Stille, die nur unterbrochen wurde, wenn einer der beiden zu ihr lief und ihr begeistert ein Bild zeigte.

»Guck mal, Mama!«, schrie Olivia und schwenkte das Blatt wie eine Fahne.

Einmal tranken wir zusammen einen Kaffee, und Francesca überhäufte mich mit Komplimenten für meine Arbeit. Ich lächelte und bedankte mich, doch ich konnte es kaum erwarten, weiter staubzusaugen, denn die Gespräche mit dieser Frau waren tückisch und endeten jedes Mal damit, dass ich mich ärgerte. Wie als sie sagte: »Ihr habt echt ein Händchen im Umgang mit unseren Alten und Kindern ...«

»Wen meinen Sie mit ›ihr‹, Signora?«

»Na, ihr aus dem Osten. Ihr könnt das besser als die Philippinas, dafür können die besser putzen, stimmt's?«

Manchmal war Gianluca so müde und gelangweilt, dass er keine Hausaufgaben machen konnte. Dann verwandelte ich mich in eine Personal Trainerin, wie im Fitnesscenter: Ich ließ ihn auf dem Bett Purzelbäume schlagen, immer wieder, in schneller Folge. Danach stellten er, Olivia und ich uns in den Wandschrank, ich zog die Tür hinter uns zu und sagte: »So, und jetzt schrei, so laut du kannst, dann Olivia und zum Schluss ich.«

»Darf ich wirklich schreien?«, fragte Gianluca mit großen Augen.

»Aber ja, danach geht's dir besser.«

»Soll ich?«

»Los, Gianluca, schrei dir die Seele aus dem Leib!«

Die ersten Male bekam Olivia es mit der Angst zu tun, aber dann machte es ihr großen Spaß. Und mir auch, ehrlich gesagt: Schreien tat uns allen gut.

Auf diese Weise beruhigte Gianluca sich etwas, und schließlich bekam er Appetit. Er war dünn wie eine Sardelle und hatte nur Herumtoben im Sinn, Essen war ihm völlig egal. Wenn er danach immer noch nicht ruhig sitzen konnte, machten wir eine andere Übung, bei der wir einander gegenüberstanden.

»Vorwärts, reden und dabei hüpfen!«

Auf diese Weise wiederholte Gianluca den Stoff, den er gelernt hatte, und hatte einen Heidenspaß dabei, bis er irgendwann außer Atem war und sich aufs Sofa vor den Fernseher knallte.

Eines Tages, nachdem ich mit dir am Handy gestritten hatte, weil du mir lauter Märchen über die Schule erzählt und mich wie eine Vollidiotin behandelt hattest, kam Gianluca zu mir und sagte: »Erzähl mir, was passiert ist, Daniela, aber du musst dabei hüpfen. Du wirst sehen, danach geht's dir bestimmt besser.«

Den Anwälten machte Olivias chronische Bronchitis zu schaffen, sie wollten ihr aber nicht noch mehr Antibiotika geben. Deshalb baten sie mich, als die Schulferien begannen, mit der Kleinen nach Ligurien zu fahren, wo sie wenige Schritte vom Strand entfernt ein Haus besaßen. Das Dorf hieß San Lorenzo, es hatte eine Piazza, eine Kirche und einen Gemüsehändler. Gianluca sollte eigentlich bei seiner Tante in Mailand bleiben, aber davon wollte er nichts wissen und bestand darauf mitzukommen. Nach anfänglichen Zweifeln überzeugte ich die Eltern, es ihm zu erlauben.

»Schaffst du es denn mit beiden, Daniela?«

»Aber ja, das Meer wird der Kleinen guttun und Gianluca beruhigen. Wir werden schöne Strandausflüge machen.«

»Aber Vorsicht, wenn der Junge das Meer sieht, ist er nicht mehr zu bändigen«, warnte Francesca mich vor.

»Keine Sorge, wenn ich nicht klarkomme, ruf ich sofort an.«

Sie hatten inzwischen großes Vertrauen in mich, im Lauf eines Jahres war unsere Beziehung sehr eng geworden. Ich kam mir unentbehrlich vor, weil es den vieren dank mir gut ging. Carlo bestand darauf, dass ich mit ihnen zu Abend aß, er fragte mich um Rat bezüglich Gianluca, und Francesca wollte sogar, dass ich zur Hochzeit ihrer Schwester mitfuhr, mittlerweile gehöre ich ja zur Familie. So vergingen die Monate, und der Gedanke, sie hätten meine Liebe gekauft, tat gar nicht mehr weh. Ich sagte mir: Besser, ich schenke sie ihnen, als sie in mir drin zu behalten, wo sie irgendwann kippt und zu Gift wird.

Am Meer zeigten Carlo und Francesca mir das Haus und meinten, den Kindern sei es ja vertraut. Wir aßen eine Pizza, und abends machten die beiden sich auf den Weg zurück nach Mailand.

»Hier, für alles, was ihr braucht«, sagte Carlo, bevor sie fuhren, und legte eine Kreditkarte auf den Küchentisch.

Die Anwälte habe ich nie beklaut. Bei Giovanni hab ich oft gestohlen: übriggebliebenes Essen, Kleingeld, das auf den Möbeln lag, Wechselgeld von den Apothekeneinkäufen oder anderen Besorgungen, das Ernesto mir gegeben hatte und das ich absichtlich zurückzugeben vergaß. Ich steckte es in eine Plastikhülle, die ich in einem Buch versteckte, und wenn ich niedergeschlagen war, leerte ich sie auf dem Bett aus und zählte sie immer und immer wieder, meine armselige Beute.

Morgens gingen wir ans Meer, manchmal kehrten wir auch nach dem Mittagsschlaf dorthin zurück. Wir sammelten Muscheln, die Kinder betasteten sie erst mit den Händen und hielten sie dann ans Ohr. Dann hockten wir uns in den Sand, bauten Burgen und turmbewehrte Städte mit Brücken und Kanälen, und wenn wir keine Lust mehr hatten, im Sand zu spielen, legten wir uns auf die Badetücher. Auf dem Rücken, die Hände im Nacken verschränkt, mussten wir still daliegen und abwechselnd etwas erzählen. Ohne es zu merken, vertraute Gianluca mir seine Geheimnisse an und bereute es schon eine Sekunde später.

»Wenn du meinen Eltern sagst, dass ich die Schule geschwänzt habe, rede ich nie wieder mit dir!«, rief er, setzte sich auf und blickte mir in die Augen.

»Leg dich wieder hin und schau in den Himmel, sonst gilt es nicht!«

»Okay, aber schwör, dass du nicht petzt!«

»Nur, wenn du schwörst, dass du es nie wieder tust.«

»Hört doch mal auf zu streiten, du bist dran, Daniela!«, mischte Olivia sich ein.

Daraufhin legte ich die Hände unter den Nacken, schloss die Augen und erzählte etwas. Einmal sagte ich: »Wusstet ihr, dass ich meinen Sohn Manuel Salzkorn nenne?«

An dem Abend roch ich endlich, bevor wir duschten, dass auch meine Haut den Geruch des Meeres angenommen hatte. Angelica hatte recht, mit euch hab ich nie so viel gespielt, als ihr klein wart. Auch mir fehlte dazu die Zeit. Sie ging völlig fürs Büro und für die Hausarbeit drauf, putzen, kochen, einkaufen … Vielleicht ist das so im Leben, dass man dem Leben immer hinterherhetzt.

Während ich Abendessen kochte, gab Gianluca mir Italienischunterricht. Ich sprach inzwischen sehr gut, doch für jedes neue Wort, das ich lernte, vergaß ich ein altes. Niemand hat mir je so präzise die Bedeutungen erklären können wie dieser Junge, erstaunt lauschte ich ihm. Wie das eine Mal, als ich etwas sagte und er mich mit lauter Stimme korrigierte: »Eben nicht, Daniela! Das ist nicht dasselbe: Ein Knecht hat keine Freiheit und muss immer gehorchen, während ein Diener gehorcht, weil das sein Beruf ist, aber ansonsten ist er ein freier Mensch!«

Gianluca und Olivia fuhren gern in ihrem kleinen Schlauchboot, an das ich eine Schnur gebunden hatte. Im Wasser steckte ich sie in den Mund, biss darauf wie ein Hund und schwamm los. Die beiden ließen sich durch die Gegend gondeln und genossen den sanften Wind an diesen friedlichen Tagen.

Eines Morgens schwamm ich, ohne es zu merken, ein bisschen zu weit hinaus. Ja, ich hatte keinen Grund mehr unter den Füßen, doch die Wellenbrecher, die die Bucht begrenzten, waren noch weit. Die Kinder saßen entspannt im Boot, Olivia paddelte mit der Hand, Gianluca saß selig mit dem Rücken im Bug und sang vor sich hin. Da geschah es. Eine unerwartete Welle, eine einzige, so eine, die man nicht kommen sieht, die sich aber binnen einer Sekunde aufbaut und im letzten Moment überschlägt. Sie erfasste uns von der Seite und ließ das Boot kentern. Ich rief den Kindern zu, sie sollten sich daran festhalten, doch als Gianluca es versuchte, trieb er es nur fort. Ich wollte hinterherschwimmen, machte dann aber abrupt kehrt. Olivia war nirgends mehr zu sehen. Ich schrie, doch mir war, als könnte niemand meine Schreie hören. Dann spürte ich, wie sie unter Wasser an meinem Badeanzug zerrte und wie aus großer Ferne meinen Namen rief. Ich weiß nicht, wie mein Körper es anstellte, aber er begann zu zittern: Trotz der zum Zerreißen gespannten Nerven und der verhärteten Muskeln wurde ich von Schaudern geschüttelt, die mir die Kraft raubten. Gianluca zappelte wie wild, und während ich Olivia, die meinen Hals zerkratzte, an mich drückte, versuchte ich ihn über Wasser zu halten und rief ihm Worte zu, an die ich mich nicht erinnere. Mit der Fußspitze streifte ich den Grund, während eine weitere Welle mich von hinten traf, doch die Schauder machten meinen Rücken starr, das Gewicht des Mädchens drückte mich hinunter. Noch einmal spürte ich, wie sie sich in mein Fleisch krallte, dann war Olivia plötzlich nicht mehr da.

Ich muss das Bewusstsein verloren haben, denn als Nächstes erinnere ich mich daran, wie eine klobige Hand mir Klapse ans Kinn gibt, während ich versuche, die Augen zu öffnen und sie, als ich ein bärtiges Gesicht so nah an meinem Mund sehe, erschrocken sofort wieder schließe. Gianluca hockte auf dem Sand, erbrach Wasser und versuchte keuchend, zu Atem zu kommen. Er hielt sich eine Hand vors Gesicht und stammelte, er habe Wadenkrämpfe. Olivia kreischte in einem fort, niemand vermochte sie zu beruhigen. Ich wollte aufstehen und zu ihr gehen, ich hatte das Bedürfnis, ihre Hand zu halten, aber der Bademeister befahl mir, sitzen zu bleiben. Erst wollten die Leute, die sich um uns geschart hatten, wissen, ob ich wohlauf sei, dann begannen sie, mir Vorwürfe zu machen, während das Wasser von meinem Körper auf den Sand tropfte: »Mit zwei so kleinen Kindern«, riefen sie fassungslos, »dabei sind Sie ja nicht mal die Mutter!« Vor Scham legte ich den Kopf auf die Beine, umfasste sie mit den Armen, um die Schauder abzustellen. Am liebsten hätte ich mir die Ohren zugehalten gegen diese Stimmen, die wie Pfeile auf mich einprasselten.

Irgendwer fuhr uns mit dem Auto nach Hause. Das Schlauchboot vergaßen wir am Strand. Die erschöpfte Olivia schlief sofort ein. Gianluca wollte nicht mit mir sprechen, er verbarg sein Gesicht und sagte nur, ich solle weggehen.

Abends trafen die Eltern ein, sagten grußlos, wir würden auf der Stelle nach Mailand zurückfahren, wo wir mitten in der Nacht ankamen. Unterwegs sprachen sie kein Wort mit mir, wenn ich etwas fragte, antworteten sie nicht.

Nachdem Francesca die Kinder zu Bett gebracht hatte, sagte sie: »Geh und pack deine Sachen. Morgen früh um acht will ich dich hier nicht mehr sehen.«

»Darf ich mich wenigstens von ihnen verabschieden?«

»Du kannst dankbar sein, dass wir dich nicht anzeigen.«

»Bitte, bitte, ich möchte mich unbedingt von den Kindern verabschieden.«

»Die Kinder wirst du nie mehr wiedersehen.«

Die Schwestern beachten mich nicht mehr. Und die Ärzte vergessen während der Visite manchmal sogar, mich hinauszuschicken. Aber ich verbringe sowieso die ganze Zeit damit, mich mit dir zu unterhalten, all das geschieht hinter meinem Rücken, nie schaue ich dabei zu. Von meinem wackligen Stuhl aus sehe ich nur dein Gesicht, in der Ferne die Eichen, die sich langsam verdichten, trockene Blätter, die von grünen abgestoßen werden.

Die letzten Tage sind vorübergeflogen, nicht anders als in der Stadt. Einfach vergangen. Im Morgengrauen ist der Professor verlegt worden, ich habe ihm nicht mal auf Wiedersehen gesagt. Statt seiner liegt da jetzt eine Frau in meinem Alter mit blassem, eingefallenem Gesicht. Der Mann und die Kinder besuchen sie täglich, stehen ratlos hinter der Scheibe und starren sie an.

Ich höre, wie die Hoffnung stirbt. Es ist das Geräusch eines Steins, der dumpf einen Hang hinabrollt: Er kündigt den Erdrutsch an, die Staubwolke, die alles verschlingen wird. Doktor Petran beachtet mich nicht, und wenn ich ihn etwas frage, antwortet er kurz angebunden, sagt, alles liege in den Händen des Neurologen. Er weiß, dass ich den Psychologen nie aufgesucht habe und auch nicht zu dem Treffen gegangen bin, das auf dem Handzettel angeboten wurde, aber er schimpft mich nicht aus. Manchmal muss ich an dieses Wort denken: Italienkrankheit. Besser, wir kennen die Namen unseres Unglücks nicht, besser, wir trösten uns mit der Vorstellung, dass unser Los grausam, das Schicksal widrig und Gott mit wichtigeren Problemen beschäftigt ist.

Ich kann die ganze Wahrheit über mein Land, meine Arbeit, mein Leben jetzt nicht ertragen, hätte ich erwidert, wenn er mich ausgeschimpft hätte, weil ich nicht hingegangen bin.

So ist es eben: Solange du nicht die Augen öffnest, geht kein Problem, keiner der Schrecken, die sich jeden Tag ereignen, mich etwas an.

Ich habe dir die Lieder vom iPod deiner Schwester vorgespielt. Den einen Stöpsel habe ich aufs Kissen neben dein Ohr gelegt und auf geringste Lautstärke gestellt.

»Der Ton muss ganz leise sein, wie wenn man sich konzentriert, um ein fernes Geräusch wahrzunehmen«, hat mir ein Arzt der Intensivstation erläutert, ehe er mir die Erlaubnis gab.

Den anderen Kopfhörer behalte ich. Ich lerne jetzt deine Lieder, damit wir sie zusammen singen können. Ich stelle mir vor, wie dein Mund diese Zeilen singt:

Bitte bring mich weit weg,
An einen Ort, wo wir bleiben können.
Diesmal musst du's wirklich tun,
Du brauchst mich nicht bei der Hand zu nehmen.
Und es wird kein Geheimnis, nein,
Wir werden glücklich, wahrhaft glücklich sein.

Ich wusste nicht, dass es so anstrengend sein kann, sich etwas vorzustellen. Wenn ich zeichnete, empfand ich mich als leicht und losgelöst, doch jetzt verkrampfen sich meine Muskeln. Sich etwas vorzustellen ist wie bergauf radeln.

Manchmal ist mir, als würde ich mich nicht mehr an deine Stimme erinnern, dann öffne ich das Telefon und schaue mir ein Video an, das Angelica mir mal geschickt hat. Sie zwingt dich, Hallo zu sagen, du hebst unwillig den Blick vom Nintendo, wedelst mit der Hand und brummst: »Hallo, Moma, wie läuft's denn so?« Ich schaue es mir hundertmal an, bis zur Gehirnerweichung.

»Nicht länger als eine Viertelstunde«, ermahnt mich Doktor Petran von der Tür zur Station aus.

»Sein Nervensystem verträgt keine übermäßige Stimulation.«

»Welche Musik ist besser, soll sie ihm gefallen oder mir?«, frage ich. »Oder lieber Mozart?«

Doch er zeigt nur wie üblich sein höfliches Lächeln und zieht sich zurück, ein Blick von ihm genügt, und ich komme mir vor wie eine arme Irre. Deshalb sollst du studieren, damit du dich im Umgang mit anderen nicht so fühlst wie ich. Glaub nicht, ich lass dich in Ruhe, wenn du wieder aufwachst: Du musst wieder zur Schule, musst all die Wörter lernen, ohne die du in dieser Welt nicht du selbst sein kannst.

Während wir unser Lied hören, schreie ich plötzlich auf und schlage die Hand vor den Mund. Ob ich noch ganz gescheit sei, fragt Alina, aber ich beachte sie gar nicht, ich wende mein Gesicht den anderen Patienten zu und verkünde, dass du die Augen aufgeschlagen hast.

Die anderen Schwestern führen mich zum Ausgang. Wie auf einem Polizeirevier wiederhole ich immer wieder, was passiert ist.

»Mein Sohn hat die Augen geöffnet! Seine Pupillen habe ich nicht gesehen, nur das Weiße«, sage ich erregt. »Mehrere Sekunden lang, dann hat er sie wieder geschlossen.«

Dem hinzutretenden Arzt erzähle ich alles noch mal. Der Mann ist um die vierzig, trägt einen dunklen Bart und hört mir zu, während er sich die Wange kratzt. Er wirkt nicht sonderlich beeindruckt. »So was kommt vor«, sagt er. »Vermutlich ist es schon öfter vorgekommen, aber das muss nichts heißen.«

»Entschuldigung, haben Sie überhaupt verstanden, was ich gesagt habe? Er hat die Augen geöffnet!«

Er nickt und wiederholt, so etwas komme schon mal vor. Wohl um mich zufriedenzustellen, fügt er hinzu: »Ich werde mal mit dem Neurologen darüber reden, vielleicht ziehen wir ein paar Untersuchungen vor. Und wo Sie schon hier sind, sagen Sie bitte Bescheid, wenn es noch mal passiert.«

Ich gehe nach draußen und rauche, aber nach zwei Zügen werfe ich die Zigarette auf den Boden, ich will gleich wieder in den Saal. Ich streife die Einwegschuhe über, desinfiziere mir die Hände mit Gel, setze die Maske auf und hocke mich wieder auf meinen Stuhl. Ich habe Angst zu verpassen, wie deine Augen das Licht suchen.

»Machen Sie weiter mit dem, was Sie vorhin gemacht haben«, ermuntert mich eine Schwester, die gerade mal zwanzig ist, leise. »Sie dürfen nicht damit aufhören.«

»Meinen Sie?«

»Probieren Sie es regelmäßig«, sagt sie und nickt. »Nicht lauter und nicht leiser.« Und um mich abzulenken, fügt sie hinzu: »Ich heiße Gertrud.«

»Ich Daniela, sehr erfreut.«

»Schauen Sie mal, Daniela, dahinten ruft Sie jemand.«

Rasch verlasse ich den Saal: Angelica gibt mir einen Kuss, dann hängt sie sich bei mir ein und führt mich in den Hof. Die Hoffnung ist etwas Konkretes, wie Durst. Sie verknotet die Eingeweide und verdickt das Blut.

In der Nacht kann ich nicht schlafen. Die Gedanken zucken durch meinen Kopf wie Nerven. Ich gehe hinunter zur Kaffeemaschine. Das Krankenhaus ist gespenstisch, eingehüllt in ein Halbdunkel, das beunruhigender ist als die völlige Finsternis. Es ist kalt und die Neonlampe im Gang muss durchgebrannt sein. Ich ziehe eine heiße Schokolade und trinke sie an die Wand gelehnt. Wenn ich dieses widerliche Zeugs noch lange in mich hineinschütten muss, werd ich irgendwann krank.

Ich brauche frische Luft und gehe in den Hof, um mir die Beine zu vertreten. Die Windstöße rascheln im Gebüsch. Ich weiß, dass es Eicheln unter dem Laubteppich sind, auf die ich trete, trotzdem habe ich Angst, es könnten Mäuse sein. Ich halte mir den Bauch, damit mir nicht zu kalt wird. Schwester Beatrix kommt vorbei, die in der Intensivstation arbeitet und ihre Nachtschicht beginnt, ich grüße sie mit Namen, aber sie erkennt mich nicht. Neulich im Spiegel erging es mir fast genauso, die Ränder unter meinen Augen reichen bis zu den Wangenknochen.

Der Morgen dämmert, als ich wieder hineingehe.

Der Himmel weitet sich, wird bläulich und lässt das schwache Licht des Tages durch. Am Eingang zur Station teilt Alina mir mit, du seist nicht mehr da. Ich laufe zur Glasscheibe und schaue: Dein Bett ist leer, ohne Laken, nur der blaue Schutzbezug ist zu sehen.

»Wir haben ihn in ein Ruhezimmer verlegt, da ist nicht so viel Trubel«, erklärt mir ein Arzt. »Bislang lag er noch nicht richtig im Koma, jetzt schon.«

»Heißt das, er wird nie mehr aufwachen?«

»Das heißt, dass er sich in einer geschützteren Umgebung ausruhen muss.«

»Bitte, verkaufen Sie mich nicht für dumm.«

»Das habe ich auch nicht vor.«

»Dann sagen Sie mir klipp und klar: Wird mein Sohn sterben?«

»Als Erstes muss ich Sie sehr bitten, sich zu beruhigen und leiser zu sprechen.«

»Wird mein Sohn sterben?«

Der Arzt dreht mir den Rücken zu und beginnt in dem Metallschrank nach einer Krankenakte oder was weiß ich zu kramen, und da er offenbar nicht vorhat, mich eines weiteren Wortes zu würdigen, packe ich ihn am Ellbogen und drehe ihn gewaltsam zu mir um.

»Sehen Sie mich an, wenn ich mit Ihnen rede. Ob mein Sohn sterben wird, habe ich Sie gefragt.«

»Wenn Sie mich noch einmal anfassen, lasse ich Sie vom Wachdienst rausschmeißen«, zischt er mich an und hält die Hand wie eine Klinge auf Höhe meines Halses.

»Mit anderen Worten, er wird nicht mehr aufwachen. Ich kenne euch Ärzte«, fahre ich fort und lasse die Hände sinken. »Wenn nichts mehr zu machen ist, haltet ihr euren Mund. Ist doch so, stimmt's?«

»Ich habe Ihnen nichts mehr zu sagen. Wenn Sie meinen Rat hören wollen: Ruhen Sie sich aus.«

»Darf ich ihm unser Lied vorspielen? Ich bin sicher, es tut ihm gut.«

»Haben Sie das aus einer Wissenschaftszeitschrift?«

»Nein.«

»Woher wollen Sie das dann wissen?«

»Ich bin seine Mutter.«

Nachdem ich meine Arbeit verloren hatte, wohnte ich einen Monat lang in einer Notunterkunft der Caritas, wo Pater Enzo zu mir sagte, ich sei erschöpft und solle mich ausruhen.

Ganze Tage lag ich auf meiner Pritsche und zeichnete in mein Moleskine-Büchlein Figuren von Kindern und Alten. Bis ins Detail zeichnete ich die Falten und die schlaffe Haut der Alten, die jungen Körper ließ ich unausgemalt, als Bleistiftumrisse. Nachts hatte ich ständig Albträume, ich träumte, ich würde von Giovannis Balkon fallen und auf einem durchgehenden Pferd über den Schnee galoppieren. Auch wie ich Angelica zeichnete, träumte ich, und dass es mir nie gelang, das Bild fertigzustellen, weil die Filzstifte austrockneten. Ihr Gesicht blieb unvollendet, wie bei einer Schaufensterpuppe. Weder mit ihr noch mit dir wollte ich lang telefonieren, ich hatte Angst, ihr würdet die Lügen bemerken, die ich erzählte: »Mir geht's prima«, »Auf der Arbeit? Der ewig gleiche Trott, aber ich bin froh, dass ich sie habe.«

Im Speisesaal aß ich mit einer Gruppe Afrikaner, die über Libyen ins Land gekommen waren. Im

Schlafsaal herrschte ein Kommen und Gehen von Leuten aus aller Welt, deren Existenz ich in meiner Apathie, die mich von der Wirklichkeit fernhielt, fast vergessen hatte. Ich lernte Moldawierinnen und Ukrainerinnen kennen, Frauen, die kein Wort Italienisch konnten und ohne Pass gekommen waren, die nachts Wälder durchquert und am Hauptbahnhof geschlafen hatten, wo sie hofften, jemandem zu begegnen, der ihnen half. Und doch war ich es, die aussah, als hätte ich das Meer in einem Schlauchboot überquert oder auf der Straße geschlafen. Dabei war ich im Bus gekommen, keiner hatte mich misshandelt, ich ging jeden Monat in den Money-Transfer-Shop, und um euch beide haben sich meine Eltern gekümmert.

Um mir Mut zu machen, rief ich mir immer wieder meine privilegierte Lage ins Gedächtnis, doch es war nicht genug, ich schaffte es nicht, aufzustehen. Ich fühlte mich verbraucht, meine Haut juckte und schuppte sich, selbst im Schlaf musste ich mich dauernd kratzen.

»Geh zur medizinischen Sprechstunde und lass dich untersuchen«, hatte Clarissa mir geraten, aber ich schob es immer wieder auf.

Es dauerte zwanzig Tage, bis ich mich einigermaßen erholt hatte. Sobald ich mich besser fühlte, begann ich von Büro zu Büro zu tigern, las die

Stellenanzeigen, die am Schwarzen Brett von Bibliotheken oder an Laternenpfosten hingen. Stundenlang surfte ich auf den Pflegeportalen und lud alle möglichen Apps herunter, ackerte sogar die Inserate aus anderen Regionen durch. Mailand hatte ich satt, dauernd verlief ich mich dort und kannte keinen. Ab und zu traf ich im Park eine Ukrainerin, und wir radebrechten ein wenig auf Russisch, aber Vertrautheit lässt sich so nicht herstellen. Vielleicht finde ich ja eine alte Dame, die am Meer lebt und nur jemanden braucht, der sie am Strand auf und ab führt, hoffte ich, und in der salzigen Luft erholen wir uns beide. Inserate, in denen Kindermädchen gesucht wurden, sortierte ich gleich aus: Das würde ich nie wieder tun. Lieber die Alten mit ihren Ticks, ihren Launen, ihrem Gejammer, ihrem Leben, das nur noch ein Überleben ist. Vom Hautgeruch der Kinder, von dem Beschützerinstinkt, den sie auslösen, wollte ich nichts mehr wissen. So oft vernahm ich in meinem Kopf Olivias Lachen, und es kam mir vor, als hörte ich die Stimme Gottes.

Ich ging zu Zeitarbeitsfirmen und Kooperativen, doch ständig Formulare auszufüllen und langwierige Gespräche zu führen überstieg meine Kräfte. Unbeholfen war ich, und auch wenn ich mich problemlos auf Italienisch verständigen konnte, wirkte ich wie eine, die gerade erst neu in die Stadt gekommen war. Ich wollte wieder schwarzarbeiten, da war ich wenigstens niemandem Rechenschaft schuldig, konnte mehr Geld nach Hause schicken und alles stehen und liegen lassen, sobald ich etwas Besseres fand. Eine Zukunft konnte ich mir nicht mehr vorstellen.

Ab und zu telefonierte ich mit Clarissa, die nach dem Tod der Signora, die sie am Piazzale Loreto gepflegt hatte, nach Rom gezogen war. Dort war sie glücklich, immer wieder erzählte sie mir, wie gut ihr die Stadt gefiel.

»Mir geht's gut hier, die Familie, bei der ich arbeite, ist in Ordnung. Sie sprechen mich sogar bei meinem richtigen Namen an, nicht wie die Alte, die mich immer Chiara genannt hat.«

»Kommst du nicht mehr nach Mailand zurück?«

»Wer weiß das schon, Daniela«, seufzte sie. »Und du, warum kommst du nicht auch nach Rom?«

Manchmal nahm ich die Straßenbahn und blieb bis zur Endstation sitzen, wo die Fahrer Pause machen. Oder ich ging in eine Kurzwarenhandlung, kaufte Garn und etwas Stoff und setzte mich auf eine Bank vor den Schaukeln, um zu nähen. Bis zum Abend saß ich da, wenn die Laternen angingen und die Lichter Schatten warfen. In den Grünanlagen sah ich Gruppen von Frauen, doch selbst wenn es Rumäninnen waren, ging ich nicht zu ihnen, ich schaute in die Bäume und trat nach Steinchen. Ich fühlte mich hässlich und war der festen Überzeugung, Filip habe eine andere gefunden, die schöner und reicher war als ich und ihn nicht nervte, wenn er auf dem Sofa sitzen blieb und Bier trank oder es mit den Freunden spät wurde.

Manchmal konnte ich meinen Blick von diesen Frauen, die im Kreis standen und sich unterhielten, nicht mehr abwenden. Ich sagte mir: Stell dir mal vor, die würden streiken. Nicht einen ganzen Tag, nur eine Stunde. Alles stände still: Die Söhne und Töchter der Alten müssten ihre Arbeit ruhen lassen und nach Hause kommen, sie müssten sich selbst die Hände schmutzig machen, wenn sie die Väter wuschen und umzogen, die Mütter aus den Betten hoben, und vielleicht würden wir dann nicht länger so unsichtbar sein, verborgen in den Häusern. Eingeschlossen in den Zimmern.

Als ich die Arbeit bei Signora Elena fand, einer Neunzigjährigen, die in einer kleinen Wohnung ohne Balkon in Quarto Oggiaro wohnte, wusste ich, dass ich nicht mehr wiederkommen würde. Warum ausgerechnet in diesem Moment, weiß ich nicht, aber plötzlich war es mir sonnenklar.

Zwei Jahre waren vergangen, und es war mir nicht gelungen, Geld zur Seite zu legen. Das Gehalt ging drauf für Schule, Universität, Kleidung, Telefonguthaben, die Reparatur der schrottreifen Pergola und der Heizung, die erneuert werden musste … Es würde mir nie gelingen. Ich würde euch durchbringen, und ihr würdet ein Leben leben, von dem ich nichts mitbekam. So würden wir leben, und ab und zu würden wir uns sehen. So war es vielen ergangen, warum nicht auch mir?

Signora Elena wog glatte zwei Zentner, stundenlang hockte sie in ihrem Rollstuhl, und wenn sie aufstand, klammerte sie sich an ihren Rollator.

»Ich hab's nie geschafft abzunehmen«, seufzte sie. »Und jetzt, wo ich neunzig bin, werde ich es bestimmt auch nicht mehr schaffen«, und dabei wickelte sie eine Praline aus, die sie dann zusammen mit dem schlechten Gewissen runterschluckte.

In der ersten Zeit hatte ich den Eindruck, dass man es ihr nie recht machen konnte und ich nichts richtig machte. »Gib mir mal«, befahl sie und beugte sich mit dem Kopf in die Kochnische, den Arm fordernd nach der Gabel ausgestreckt, mit der ich Eier und geriebenen Käse verquirlte. Manchmal wollte sie eine Aubergine oder eine Zucchini schneiden und versuchte, das Zittern der Hand zu verbergen, indem sie Mund und Hals verkrampfte. Dann wieder gab sie auf, seufzte und reichte mir das Messer: »Mach du weiter.«

Es gefiel ihr, mich zu schulmeistern, und dabei kam es ihr nie in den Sinn, dass sie mich vielleicht kränkte, wenn sie mich ausschimpfte: »Was hast du da wieder angestellt!« Wenn ich die Geduld verlor und Widerworte gab, richtete sich Elena schlagartig auf und kniff ihre grauen Augen zusammen: »Du hast recht, ich bin eine alte Meckerliese. Jeder macht es anders.«

Die Nachmittage verbrachten wir mit Nähen oder Nudelmachen. Nach der Mittagsruhe trank sie einen Kräutertee, dann klatschte sie in die Hände, um die Taubheit zu vertreiben. »Auf, lass uns Orecchiette machen, ist doch schade, die Zeit zu verplempern.« Dann schob ich den Rollstuhl an den Holztisch, der ganz zerkratzt und an manchen Stellen beschädigt war, und holte das Nudelbrett. Elena häufte Buchweizenmehl darauf, ich fügte ganz vorsichtig etwas Wasser hinzu und musste höllisch aufpassen, dass es nicht zu viel war. Damit ich mir ihr ständiges Gemecker nicht anhören musste, schlug ich vor, den Fernseher einzuschalten, aber sie wollte nicht. Jedenfalls habe ich nicht eine einzige Orecchietta oder einen Gnocco zustande gebracht, der ihren Ansprüchen genügt hätte.

Bei der Handarbeit lief es etwas besser, aber nur, weil sie nicht genau sehen konnte, was ich mit der Häkelnadel anstellte. Es gab Tage, da wurde ihr bewusst, dass sie übertrieb: »Das liegt an den Medikamenten, die verderben den Charakter«, sagte sie, um sich reinzuwaschen. Und plötzlich wurde sie freundlich, nannte mich »schönes Kind« und erzählte mir alles von sich. Stundenlang sprach sie über ihre Kinder, dass sie sich untereinander nicht gut verstanden und sie es am Herzen bekommen habe wegen des Kummers, den sie ihr bereiteten. Oder sie raunte mir zu, als würde jemand hinter der Tür lauschen, und beklagte sich, im Kopf sei ja noch alles mehr als richtig bei ihr, nur wegen der Beine sei sie nun hier an den Rollstuhl gefesselt, und ihre Knochen seien zu Glas geworden. Den Rollstuhl hasste sie, hätte sie es gekonnt, sie hätte ihn mit dem Hammer zertrümmert.

»Ach, könnte ich doch nur in ein Flugzeug steigen, in den Himmel fliegen und durch die Welt reisen!«, sagte sie, wenn ihr langweilig war, und schaute auf die Straße.

»Als Sie jung waren, waren Sie bestimmt viel unterwegs, Signora.«

Von wegen, antwortete sie, ihre Jugend habe sie im Krieg verbracht, und danach habe sie geheiratet, die Kinder seien gekommen und nach den Kindern die Enkel, und Ruhe kenne sie erst, seit sie krank sei.

»Aber Ruhe ist auch nichts Schönes«, schloss sie und klopfte mit den Knöcheln auf die Rollstuhllehne. »Da war mir die Plackerei noch lieber!«

Ihr Gewicht erschöpfte mich, ich hatte große Mühe, sie hochzuheben und anzukleiden. Überall hatte sie Fettrollen, die es sehr umständlich machten, sie gründlich zu waschen. Und nachts musste ich unzählige Male aufstehen und sie auf Toilette bringen. Sie hatte einen Stuhl neben dem Bett, auf dem sie ihr Geschäft machen konnte, aber selbst auf den schaffte sie es alleine kaum. Also blieb ich nachts wach, um sie umzuziehen und das Pipi vom Boden zu wischen. Die Vormittage verbrachte ich damit, die Laken zu waschen und die Decken zum

Lüften aufs Fensterbrett zu hängen. Wenn ich sie bat, sich vor dem Einschlafen doch eine Windel anzuziehen, führte Elena sich auf wie ein kleines Kind und riss sie sich unter der Decke weg.

»Ich ekele dich an, das sieht man«, jammerte sie, wenn ich sie badete. »Du machst das nur des Geldes wegen, das sieht man. Ich dagegen habe meinen Beruf mit Hingabe ausgeübt.«

»Aber Sie waren ja auch Nudelmacherin!«

»Und was hat das damit zu tun?«, antwortete sie pikiert, nahm mir den Schwamm aus der Hand und versuchte ungeschickt, sich selbst den Rücken zu waschen.

Ihr Sohn hatte mich vorgewarnt: »Meine Mutter kann manchmal bösartig sein.«

Matteo arbeitete als Kinderarzt im Krankenhaus. Er war fünfzig, hatte schwarzes Haar mit grauen Strähnen und zwei blaue Augen hinter einer dünnen Brille. Mit gefiel sein jungenhaftes Gesicht und dieses komplizenhafte Grinsen, das er heimlich aufsetzte, wenn die Mutter sich mal wieder selbst bemitleidete. Wir waren uns sofort sympathisch. Da er wusste, dass ich verrückt nach Windbeuteln war, brachte er mir immer welche mit. »Komm, setz dich neben Mama, heute bediene ich euch«, sagte er und machte Kaffee.

Über sich selbst sprach er nie, doch Elena hatte mir erzählt, er sei geschieden und habe zwei Kinder.

Manchmal sagte ich mir abends: Alles in allem habe ich es gut getroffen. Elena hat ihre Launen, das schon, aber sie ist nicht verwirrt wie Giovanni, und Wutausbrüche bekommt sie auch keine.

Doch ihr Charakter zermürbte mich, sie war gebeutelt von zwanghaften Obsessionen, nie konnte man es ihr recht machen. In einem Moment war sie mürrisch und hart, im nächsten plötzlich mütterlich und liebevoll, ich wusste nie, wer mir da gegenübersaß.

Nachmittags hörte sie Radio Maria, den ganzen Rosenkranz in Stadionlautstärke.

»Können Sie bitte ein bisschen leiser machen, Signora Elena«, bat ich.

»Nein, wenn es dich nicht interessiert, geh spazieren.«

Also ging ich unten vor die Tür und rauchte eine, und wenn ich zurückkkam, schmollte sie: »Eine Gottlose habe ich mir ins Haus geholt, nicht mal beten tust du.«

Eines Abends, während ich sie auf dem Bidet wusch, schoss mir ein stechender Schmerz in den Rücken, und ich konnte mich unmöglich wieder aufrichten. Elena rief ihre Ärztin an und bat sie, sofort zu kommen. Die Ärztin verschrieb mir Spritzen, und prompt verkündete Elena: »Keine Sorge, die setz ich dir. Mich siehst du ja auch nackt, in meiner ganzen Hässlichkeit.«

Sie hielt Wort und pflegte mich tatsächlich mit mehr Hingabe als ich sie. Um halb zwölf machte sie mir Pasta mit Butter, stellte das Tablett auf den Rollstuhl und servierte mir den Teller am Bett.

»Möchtest du Käse?«, fragte sie.

»Ein wenig, danke.«

Mit einer theatralischen Geste verteilte sie ihn und rollte davon.

Sie beklagte sich kein einziges Mal. Im Gegenteil, die neue Aufgabe hauchte ihr neues Leben und neue Kraft ein. Nachdem sie mir die letzte Spritze gesetzt hatte, ließ sie die Wanne mit warmem Wasser volllaufen und sagte, ich könne baden. Ich zögerte keine Sekunde.

»Setz dich her vor mich«, befahl sie mir hinterher.

Dann begann sie mich mit ihrer unsicheren Hand zu kämmen, und wenn sie auf einen Knoten stieß, beruhigte sie mich: »Keine Sorge, ich tu dir nicht weh.« Ich spürte die Zähne des Kamms, und während ich die verblichene Farbe an den Wänden betrachtete, die Möbel aus einer anderen Zeit und das scheußliche Sofa, hörte ich sie summen. Plötzlich wurde ihre Hand sicher und leicht wie die meiner Mutter. Elena hatte eine schwache, aber melodische Stimme. Ich weiß nicht warum, aber als ich sie singen hörte, hätte ich am liebsten geweint.

»Glaub mir, meine Haare waren noch schöner als deine. Glänzend und glatt wie Seide«, sagte sie und streichelte meinen Nacken.

An Weihnachten kam ich nach Hause. Du warst mittlerweile größer als ich, dein Gesicht war mürrisch und hart. Ständig warst du genervt, nichts war dir recht, nie wolltest du es ein bisschen lustig haben oder mal ein bisschen Zeit zusammen verbringen. Wenn ich eine Radtour vorschlug, hast du geantwortet: »Jetzt nicht«, und dich verdünnisiert. Zum Abendessen kamst du nach Hause, hast das Essen wie ein Tier in dich reingeschaufelt und dich in deinem Zimmer eingeschlossen.

»Warum bist du zurückgekommen?«, »Was willst du hier, wenn du eh gleich wieder fährst?« Solche Sätze bekam ich zu hören, wenn ich an deine Tür klopfte, um mit dir zu reden. Du warst nur an Geld und Guthabenkarten für Nintendo und Handy interessiert. Dinge und Geld, Geld und Dinge: Das hast du von mir gewollt. Und um dem eine Ende zu setzen, kam ich, obwohl es Weihnachten war, diesmal mit leeren Händen.

»Ich bin kein Geldautomat, ich bin deine Mutter!«, schrie ich dich an, ehe ich den Bus bestieg, der mich nach Mailand zurückbrachte.

Ich wollte einen Raum für mich, wo man mich in Frieden ließ. Ich wollte ganz weit weg gehen, doch an den meisten Tagen verließ ich die Wohnung nur, um den Mülleimer zu leeren. Matteo schlug vor, ich solle doch mal die orthodoxe Kirche besuchen, wo viele Frauen aus dem Osten zusammenkamen, aber ich bin nie hingegangen.

»Wenn deine Mutter erfährt, dass ich in eine orthodoxe Kirche gehe, feuert die mich doch!«, sagte ich, und er lachte und strich über meine Hand.

An meinem freien Tag fuhr ich lieber in die Stadt. Manchmal ging ich zum Busbahnhof, wo samstagnachmittags ein moldawisch-rumänischer Markt stattfand. Die graue Fläche füllte sich mit Ständen, an denen es geblümte Röcke, Russenmützen, Glühwein und Pastrami zu kaufen gab. Das letzte Neujahr habe ich dort verbracht, es gab Musik, und man tanzte im Schnee. Als die Fahrer anfingen, sich zu betrinken, gingen wir – um die zwanzig Frauen – zu einer Moldawierin nach Hause, und vor der Tür formte sich eine lange Reihe schlammverschmutzter Schuhe. Eine legte Musik auf, und wir tanzten miteinander bis in den Morgen, manche allein, andere zu zweit, unsere Männer waren ja nicht da. Und Filip trieb sich mittlerweile Gott weiß wo herum.

Oder ich fuhr zu Ikea. Der Traum, mir eine kleine Wohnung zu mieten und die Stelle zu wechseln, meldete sich häufig, und daher schlenderte ich durch die Abteilungen und tat, als wären die Kinderzimmer der Ausstellung für euch. Was hatte ich Lust, mich auf eines der Ehebetten zu legen und mal so richtig auszuschlafen! Ich malte mir aus, dass all diese hellen, sauberen Räume mir gehörten, oder ich unterhielt mich mit den Beratern, und wenn ich zu Elena zurückkam, hatte ich die Bilder von einem Wohnzimmer mit weißen Möbeln im Kopf, wie bei den Anwälten.

Ich fragte Matteo, ob ich nicht als Pflegerin in seinem Krankenhaus arbeiten könne, doch er erklärte mir, dafür brauche man mindestens einen Bachelor und müsse sich gegen die Konkurrenz vieler anderer Bewerber durchsetzen. Wie oft habe ich mit dem Gedanken gespielt, wieder zur Uni zu gehen und zu studieren … aber letztlich habe ich das Vorhaben nie in die Tat umgesetzt. Die Zeit vergeht, und aus Ambitionen werden Wunschvorstellungen, ich rede über die Projekte, die ich im Kopf habe, und bin die Erste, die nicht daran glaubt.

»Du könntest Sanitäterin werden«, schlug Matteo vor, »aber auch dafür müsstest du erst einen Kurs belegen.«

»Einen Kurs würde ich gern belegen!«, antwortete ich begeistert.

»Wenn du mich fragst, ich finde auch, du solltest dir was anderes suchen, du kannst nicht dein ganzes Leben lang Altenpflegerin sein.«

»Warum nicht?«

»Du bist am Ende, das sieht man.«

Wenn Matteo bei seiner Mutter vorbeischaute, setzte er sich aufs Sofa, schlug die Beine übereinander und redete auf seine geistreiche Art, die mich in gute Laune versetzte. Seine Anwesenheit war immer eine schöne Abwechslung in der Monotonie der Tage.

»Weißt du eigentlich, dass ich abends früher einschlafe, wenn du uns besucht hast? Und deine Mutter wacht auch seltener auf. Du müsstest öfter kommen«, sagte ich.

»Aha, ich habe also eine einschläfernde Wirkung auf euch?!«

»Aber nein!«, antwortete ich und wurde knallrot.

An den anderen Abenden schlief ich tatsächlich ewig nicht ein. Ich wusste ja, dass Elena mich gegen zwei wieder wecken würde, deshalb wartete ich. Das Dunkel im Zimmer bedrängte mich so, dass ich das Rollo ein wenig aufzog, das Fenster einen Spalt öffnete und in die Finsternis spähte. Wir wohnten im fünften Stock eines alten Hauses, man überblickte die verlassene Straße bis zur Unterführung, darüber Labyrinthe von Dächern und noch weiter oben der eiskalte Mond. Ab und an querte ein Auto die lange Straße, das gelbe Scheinwerferlicht zerschnitt die Dunkelheit. Ich beobachtete die Müllmänner, die die Abfalltonnen leerten, und die wenigen Passanten auf den Gehwegen. Die Prostituierte unter dem Dach der Tankstelle blieb stehen und sah aufs Handy, dann verschwand sie in einem Wagen, der neben ihr hielt. Die Fahrer der Lieferdienste mit den Thermoboxen auf dem Rücken fuhren auf ihren Rädern und schauten aufs Smartphone, das am Lenker befestigt war, auf der Suche nach der richtigen Adresse für das Essen. Ich starrte auf die erleuchteten Fenster im Haus gegenüber, und mir war, als könnte ich hinter die Vorhänge schauen. Ich sah die Wohnungsbesitzer, in ihren Sofas versunken, während die jungen Leute auf ihren Rädern, die Prostituierte, ich, Clarissa und wer weiß wie viele andere uns die Nacht um die Ohren schlugen, um sie zu bedienen. Ich stellte sie mir in ihren Wohnungen vor, »Krepiert doch«, sagte ich zwischen den Zähnen.

Die Abende verbrachten Elena und ich vor dem Fernseher, sie sah gern Serien, geistig war sie wirklich noch sehr rege. Mittwochs schauten wir immer *Grey's Anatomy*. Was in den früheren Folgen passiert war, hatte sie viel präsenter als ich – ich verwechselte die Handlungen und Personen und war ständig abgelenkt, weil ich SMS schrieb.

An einem dieser Abende hatte ich Huhn gekocht, und in der Werbepause wollte Elena auf Toilette.

»Soll ich mitgehen, Signora?«

»Nein, das mache ich selbst. Und wenn ich zurückkomme, möchte ich, dass du mich duzt, das ist praktischer. Schließlich leben wir zusammen wie Schwestern.«

Im Flur entglitt ihr der Rollator, und sie stürzte. Sie winselte wie ein verletztes Tier, verlor Blut aus der Augenbraue, und ich schaffte es nicht, ihr aufzuhelfen. Schließlich brauchte es drei Mann, um sie auf die Trage des Krankenwagens zu hieven. Und so saß ich mitten in der Nacht in der Notaufnahme zusammen mit Elenas Sohn und Tochter, die kaum ein Wort miteinander wechselten. Ich weiß nicht, was in mich fuhr, aber als die Ärzte sagten, sie habe sich den Oberschenkelknochen gebrochen, fing ich an zu schreien. Matteo brachte mich nach draußen und gab mir ein Valium.

»Was ist los?«, fragte er.

Als ich nichts sagte, hängte er sich bei mir ein und führte mich zu einer Bank im Freien unter einem rostigen Schutzdach.

»Was ist los?«, fragte er noch einmal.

»Ich weiß nicht, entschuldige«, sagte ich und schluckte die Tablette. »Es tut mir leid für deine Mutter – und es tut mir leid für mich. Ich will diese Arbeit nicht verlieren, ich weiß nicht, wo ich hingehen soll.«

»Sollte es dazu kommen, werden wir dir ausreichend Zeit geben, dir etwas zu suchen, keine Sorge.«

Wir gingen zu den Getränkeautomaten, ich nahm einen heißen Tee und beruhigte mich etwas. Dann fuhr Matteo mich zurück nach Quarto Oggiaro. Da er auf der Arbeit alles stehen und liegen gelassen und seit dem Morgen nichts gegessen hatte, ging ich mit ihm in einen Fast-Food-Laden, wo wir uns ein Stück Pizza holten. Matteo wirkte unheimlich ruhig und gescheit.

Zu Hause duschte ich und suchte vor dem Spiegel die Stellen, wo Signora Elena mir die Spritzen gesetzt hatte. Der Abend fiel mir ein, als sie mein Haar gekämmt und mit dünner Stimme ein Kirchenlied gesummt hatte. Als ich in der Nacht aufstand, um ein Glas Wasser zu trinken, ging ich instinktiv in ihr Zimmer, um nachzusehen, ob sie schlief: Beim Anblick des gemachten, leeren Bettes erschrak ich und konnte nicht mehr einschlafen.

Am nächsten Tag sagten die Ärzte, Elena müsse in einer bedarfsgerechten Einrichtung bleiben und dass ich allein sie kaum würde versorgen können. Da sie fürs Erste im Bett bleiben müsse, sähen sie keine andere Lösung, als sie in ein Pflegeheim zu verlegen.

»Das ist das Los der Fettleibigen«, sagte ein Arzt missbilligend.

Matteo und seine Schwester sahen sich sorgenvoll an, sie wussten, ihre Mutter würde die Nachricht alles andere als erfreut aufnehmen. Und so war es auch. Nachdem sie es ihr eröffnet hatten, drehte Elena den Kopf weg und sagte kein Wort mehr. Von diesem Tag an sprach sie nur noch, wenn sie ein Glas Wasser wollte. Mit glasigen Augen starrte sie die Wand an und murmelte vor sich hin: »Ich habe sie großgezogen, sie und ihre Kinder. Wie können sie mich nur so abstellen? Haben sie denn gar kein Herz?«

Matteo und ich begleiteten sie ins Pflegeheim. Wir folgten dem Krankenwagen, der mit ausgeschalteter Sirene nach Pavia fuhr. Um das Heim herum gab es nichts als die Straße, Wegweiser, auf denen die Dörfer der Gegend angezeigt wurden, und gepflügte Felder, in die hier und da verfallene Gehöfte getupft waren.

Matteo bat den Krankenträger, er möge ihn den Rollstuhl bis ins Zimmer schieben lassen.

»Bringst du mich zum Sterben her?«, rief Signora Elena laut, damit alle es hören konnten. »Matteo, ich rede mit dir, willst du, dass deine Mutter hier drin stirbt?«

Um sie hinlegen zu können, brauchten sie einen Patientenlifter. Das Bett hatte einen Knopf, mit dem sich die Rückenlehne nach oben oder unten verstellen ließ, mehr Bewegungen waren ihr nicht mehr vergönnt. Jetzt fragte ich den Pfleger, ob ich sie umziehen dürfe, und er lächelte. Wie sehr ich ihn um seine Arbeit beneidete, morgens kommen und abends in eine Wohnung gehen, die nur mir gehört, mich um eine Gruppe alter Menschen kümmern, aber um niemanden im Besonderen, sie sechs, sieben Stunden unterstützen und danach ins Freie hinaustreten und jene Sonnenstrahlen auf der Haut spüren, die in die Gänge und Zimmer einfallen.

Ein letztes Mal zog ich Elena um, berührte ihre großen, schlaffen Brüste, die fette, faltige Haut, die noch immer von einem kräftigen Rosa war. Der südamerikanische Pfleger brachte ihr gedünsteten Apfel, angewidert schaufelte Elena ein paar Löffelvoll in sich hinein, dann ließ sie ihn auf dem Nachttisch stehen, wo er langsam dunkel wurde. Als ich sie zum Abschied umarmte, grüßte sie mich kaum. Und da kam auch ich mir herzlos vor.

Auf der Rückfahrt nach Quarto Oggiaro hörten wir Lou Reed. Matteo telefonierte mit seiner Schwester und berichtete ihr, alles sei gut gelaufen. Sie antwortete, sie wolle früh am nächsten Morgen zu ihr fahren. Uns alle hatte der Tag geschafft.

»Wenn ich mal alt bin, bin ich hoffentlich noch so selbständig, dass ich mich zum Sterben einfach in eine Ecke verziehen kann wie die Spatzen«, sagte er.

»Ich auch. Einfach auf den Boden legen, die Augen schließen und die Namen meiner Kinder aufsagen.«

»Genau so. Ohne etwas zu brauchen«, schloss er, dann drehte er die Lautstärke auf und sang aus voller Kehle.

In der Wohnung von Signora Elena tranken wir Kaffee, dann setzten wir uns aufs Sofa und schauten aus dem Fenster, wie sie es an Winternachmittagen immer getan hatte. Ich hätte gern etwas Intelligentes oder Tröstliches zu Matteo gesagt, aber mir fiel nichts ein. Schweigend saßen wir da, und als ich ihm ins Gesicht blickte, da küsste er mich schon mit einer schroffen, geplanten Bewegung. Im Nu hatte er mich ausgezogen, und wir schliefen miteinander, dort auf dem Sofa. Ich biss ihm in die Schulter, er zerkratzte meinen Rücken. Ich kam mir vor wie ein überbordender Sturzbach. Wo war all dieses Begehren vergraben gewesen?

Matteo ließ den Kopf nach hinten fallen und betrachtete keuchend die Decke. Ich wollte gleich noch mal mit ihm schlafen, aber ich weiß nicht, ob er keine Lust mehr hatte oder ob er einfach nicht mehr konnte. Er legte sich auf meine Beine und starrte weiter an die Decke, dann griff er mit der Hand in seinen ledernen Aktenkoffer und holte ein Buch heraus.

»Für dich«, sagte er. »Es ist das Lehrbuch, das meine Tochter in Kunstgeschichte benutzt. Ich mag Schulbücher.«

Ich lächelte, streichelte sein Haar, dann ließ ich mich langsam zu Boden gleiten, kniete mich hin und begann ihn zu küssen. Er streichelte meinen Kopf, und während ich ihn küsste, drückte er mich immer fester an sich und sagte immer wieder meinen Namen. Draußen senkte sich der Nebel.

Nackt lagen wir auf dem Sofa neben dem Fenster und blätterten das Lehrbuch durch. Irgendwann hielt Matteo inne und betrachtete ein Bild, das ich nicht kannte: Aeneas, der seinen Vater Anchises auf dem Rücken trägt. Ein schräger Lichtstrahl fiel auf den Helden.

Du lebst noch. Deine Augen sind immer geschlossen, das Gesicht halb bedeckt vom Beatmungsschlauch, im Magen die Sonde, im Arm die Nadel für die Kochsalzlösung, aber du lebst noch. Du atmest.

Wir sind im siebten Stock, dem obersten des Krankenhauses. Hierher dürfen nur Ärzte, alle anderen nur in Begleitung. Die Eichen sieht man nicht mehr, nur leeren Himmel.

Das Ruhezimmer ist ein kleiner, viereckiger Raum mit einem Bett und daneben den gleichen Apparaten wie auf der Intensivstation. An die Wände hat irgendwer das Meer gemalt. Das hätte mir gefallen, meine Hände mit Temperafarben bekleckern und die Mauern dieses Raums ein wenig freundlicher gestalten. Ich hab auch oft das Meer gemalt, früher. Segelschiffe, die aus dem Blau herausstachen. Kräftige Pinselstriche in Weiß für die Segel, für die Schaumkronen nur zarte Sprenkel.

Wir müssen uns trennen, ich darf nicht länger an deiner Seite bleiben. Im Vorraum darf ich bleiben, auf einem Stuhl hinter einem Bänkchen, auf das sich die Ärzte setzen. Ab jetzt sehe ich dein Gesicht von einem Monitor eingerahmt. Das ist doch unglaublich, jetzt bin ich hier und darf dich wieder nur über einen Bildschirm sehen, als wäre ich noch in Italien.

»Keine Widerrede«, ermahnt mich Doktor Petran. »Wenn's Ihnen nicht passt, dann packen Sie Ihren Krempel und kommen zu den Besuchszeiten wieder wie alle anderen.«

Als ich folgsam hinausgehen will, fragt er plötzlich, ob ich dir das Gesicht waschen möchte. Er reicht mir das Tablett mit den Baumwolltupfern und dem Mizellenwasser und überwacht, wie ich dir über Stirn und Backenknochen wische, über Nase und Wangen, Mund und Kinn.

»Möchten Sie ihn berühren?«

»Wie bitte?«

»Ob Sie ihn berühren möchten?«

»Ja, klar«, antworte ich verdutzt.

»Aber sanft, mit dem Fingerrücken.«

Ich streichele deinen nackten Arm, und mir ist, als sähe ich einen Schauder auf deinem Gesicht. Ich verabschiede mich von dir und gehe.

Wir werden hier drinbleiben, du und ich, getrennt durch eine Scheibe. Gestört nur von den Schwestern und Ärzten, die kurz den Kopf hereinstecken, um sich zu vergewissern, dass wir noch da sind. Tage-, monatelang. Nein, Jahre werden wir hier drinbleiben. Bis wir nichts mehr von der Welt wissen. Bis wir nicht mehr wissen, wie man die Zeit zählt.

Von den Besuchen daheim erzähle ich dir nichts, von den Tagen, an denen du mich auf Marins Karren oder auf der Ladefläche eines Nachbarn hast kommen sehen. Die Male, die ich wiedergekommen und gleich wieder weggefahren bin, haben in dieser Erzählung keinen Platz, sie sind sinnlos. Außerdem gibt es keine gemeinsamen Erinnerungen, jeder hat seine eigene und macht aus ihr, was er will.

Behalte nur, was du über mich gedacht hast, glaub nur, ich hätte dich alleingelassen. Dass ich es getan habe, ungewollt, diese Schuld nehme ich auf mich. Ich erkenne es an: Ich war nicht fähig, die Sehnsucht hinter deiner Wut zu begreifen. Weißt du, was? Bevor ich wegfuhr, wusste ich gar nicht, was das ist: Sehnsucht. Ich hielt es nur für ein Wort, eine Phantasie von Songschreibern.

Doch über die Zeit, in der wir uns wiedergefunden haben, werden wir reden müssen. Irgendwann, wenn du bereit dazu bist. Ich werde versuchen, dir nicht recht zu geben, nur weil du wieder die Augen geöffnet hast, und falls ich gekränkt sein sollte, werde ich trotzdem den Mund halten und warten, bis du zu Ende gesprochen hast, ehe ich dir sage, dass du dich irrst. Wenn ich deinem Blick nicht standhalten kann, werde ich anfangen zu zeichnen, mit dem gelben Buntstift, auch wenn du mir sagst, ich hätte alles falsch gemacht.

Ruhezimmer. Das klingt nach einem Ort des Friedens, dabei machen die Ärzte ständig an dir rum. Gestern haben sie dich wieder mal zum MRT gekarrt, heute haben sie dir ein neues Medikament verabreicht, das das Blut verflüssigt. Abends haben sie dich wieder auf die andere Seite gedreht, an der Hüfte und auf Höhe des Beckens haben sich die ersten wunden Stellen gebildet. Du bekommst jetzt eine neue Creme, die ich selbst bezahlen muss, das Krankenhaus kann nicht alle Medikamente gratis stellen. Geld haben wir kaum mehr welches, Orestes Kinder haben eine andere Pflegerin gefunden. Sie hatten gedacht, ich käme zurück, deshalb haben sie sich eine Weile abwechselnd selbst um ihn gekümmert, aber ich bin oft nicht mal drangegangen, wenn sie angerufen haben. Und als ich dann endlich zurückrief, teilten sie mir mit, sie hätten jetzt eine Ecuadorianerin eingestellt.

Jedenfalls habe ich keine Arbeit mehr. Ich werde erneut Arbeitslosenhilfe beantragen müssen, das erbärmliche bisschen Geld, das ich bekam, bevor ich ausgewandert bin. Ich weiß zwar nicht, wie, aber sei unbesorgt, irgendwie werden wir es schaffen.

Ich kann dir nichts mehr erzählen. Mir fehlt die Nähe deines Gesichts, ich kann nicht mehr heimlich meine Hand ausstrecken, um deinen Puls zu fühlen oder dir übers Haar zu streicheln. Wenn ich den ganzen Tag auf den Monitor schaue, ohne dass die unfreundlichen Krankenschwestern um mich herumwuseln, wird mir schwindelig. Manchmal führe ich Selbstgespräche, beginne Sätze und weiß nicht, ob ich mit mir rede, mit dir oder ob ich einfach nur den Atem verschwende. Vielleicht hat es auch sein Gutes, dass du mich nicht hören kannst. Mir ist manchmal nicht bewusst, was ich sage, wie neulich, als ich dir erzählte, dass ich mit Matteo geschlafen habe. Wie dumm und konfus ich bin …

Gestern hat ein Arzt mir geraten, ich solle mich untersuchen lassen. »Es ist an der Zeit, dass Sie auch mal an sich denken. Ihre Gesichtsfarbe gefällt mir gar nicht.« Aber ich muss dir noch eine letzte Sache erzählen. Wenn auch in Bruchstücken, ungeordnet, aber ich möchte, dass du das letzte Kapitel dieser Geschichte kennst, in der du nicht vorkommst. Ich sehe den Hof nicht, nicht den eisengrauen Himmel oder die Beete, die sich bald mit Blüten füllen werden und die ich gern betrachtet habe, wenn ich es nicht mehr aushielt, dich regungslos auf der Intensivstation zu sehen. Deine schlaff daliegende Hand, die Falten des Betttuchs, das *Biep* des Beatmungsgeräts: Nicht einmal das habe ich noch. Und da ich dein Atmen nicht hören kann, verbringe ich Stunden damit, meinem zu lauschen: wie die Luft in den Mund eintritt, in die Lunge hinabsteigt. Deine Augen auf dem Monitor machen mich wütend, als würdest du nicht mitspielen. Machst du das mit Absicht? Hältst du sie absichtlich geschlossen, um es mir heimzuzahlen?

Meine letzte Station, bevor ich herkam, war bei Oreste, das weißt du. Ich hab den alten Mann sehr gemocht. »Man lässt Kinder nicht allein, außerdem gäbe es hier ein Zimmer für Manuel«, sagte er oft in einem Ton, der voller Wohlwollen und Tadel zugleich war. Wenn ich mit dir telefonierte, musste ich mich zwingen, dir nicht davon zu erzählen, aber du kannst dir nicht vorstellen, wie sehr ich mir das überlegt habe. Ich habe mir Schulen angeschaut, den Sportplatz, wo du hättest Fußball spielen können. Oreste wohnt im Zentrum von Mailand, in einem Viertel namens Sant'Ambrogio. Er lebt in einer riesigen Wohnung voller alter Möbel. Früher war er ein bedeutender Journalist, sogar den Papst hat er mal kennengelernt. Ach ja, entschuldige, ich hab vergessen, dir sein Alter zu sagen. Oreste ist dreiundachtzig. Ich hatte das Glück, dass ich ihm gleich gefallen habe, er hat mich direkt eingestellt. Ich war gern mit ihm zusammen, es gefiel mir, mit ihm rauszugehen, ihm zuzuhören, wenn er erzählte. Auf seinen Rollator gestützt, konnte er manchmal eine ganze Stunde laufen. An Winternachmittagen kauften wir uns Maroni, die wir beide fürs Leben gern aßen. Oreste ließ den Rollator los, fischte sich eine aus der Tüte und aß sie in kleinen Bissen, wie ein Eichhörnchen. Wenn ich allein war, kaufte ich mir lieber geröstete Maiskolben, weil die billiger waren. Hinterher, wenn ich dann nur noch den Strunk in der Hand hielt, bereute ich es.

Die Augen fallen mir zu. Ich lehne den Kopf auf den Arm, aber ich warne dich, du musst mir trotzdem zuhören, und keine Sorge: Wenn du stirbst, sterbe auch ich.

Von Oreste habe ich mehr gelernt als in all den Jahren auf der Schule. Manchmal sagte er: »Daniela, hol mir doch mal das eine Buch da«, und dann versuchte er mühsam, sich an den Titel und den Einband zu erinnern. Oft las er laut, besonders Gedichte. Ab und zu unterbrach er seinen Vortrag und fragte: »Kommst du mit?« Er sprach langsam, in jenem neapolitanischen Tonfall, der die Vokale öffnet und die Wörter schmecken lässt. Ich empfand es fast gar nicht als Arbeit. Dann, eines Nachts, die Hölle. Er hatte mehrere Schlaganfälle hintereinander. Binnen weniger Wochen nahm die Demenz deswegen erschreckend zu, er erkannte niemanden mehr, versuchte wegzulaufen. Ich war fassungslos und wusste nicht, was ich tun sollte. Ich rief Clarissa an, die schon mal bei einem Alzheimerpatienten gearbeitet hatte. Sie versuchte mich zu beruhigen und riet mir, zu den Treffen zu gehen, die in der Poliklinik angeboten wurden: »Da lernst du, mit ihnen umzugehen, die Zeit einzuteilen und auch, wie du es schaffst, nicht durchzudrehen.« Ich lernte, das Zimmer der Erinnerungen einzurichten. Ein schöner Name, nicht? Ich verwandelte sein Büro in ein Museum. Gemeinsam mit seinen Kindern holten wir aus Schränken und Keller die Gegenstände seines Lebens: die Schreibmaschine, das Röhrenradio, ein altes Telefon mit schwerem Hörer. Die Fotos von seiner Frau und den kleinen Kindern, den Zeitungsständer, die Lieblingsbücher … jeder Gegenstand um den Tisch herum drapiert wie in einer Ausstellung.

Oft, wenn Oreste diese Dinge betrachtet, erstrahlen seine Augen, und er versucht zu sprechen. Es gelingt ihm nicht mehr, aber wenigstens braucht er keine Beruhigungsmittel, all diese Antipsychotika hauen ihn um. Ich kann immer noch nicht fassen, was für ein Häuflein Elend er geworden ist. Genauso wenig wie ich fassen kann, dass du hier bist, hinter dieser Scheibe, die Augen geschlossen, dass du dich meinetwegen, oder auch aus eigenem Entschluss, mit dem Moped zuschanden gefahren hast. Weißt du, was Oreste immer gesagt hat, wenn seine Kinder zu Besuch kamen? »Jetzt bringt mich doch mal nach Neapel!« Und in Dialekt fügte er hinzu: »Und zwar geschwind!« Ich wäre gern mit ihm hingefahren, zumal ich bisher nichts von Italien gesehen habe. Ich bin nie in Florenz oder Rom gewesen, nicht mal in Venedig.

Da kommt die Frau in weißem Kittel, die das Abendessen bringt. Wie schön wäre es, an deiner Seite essen zu dürfen. Heute gibt es Huhn, das hast du immer so gemocht, weiß du noch? Besonders, wenn dein Vater Brathähnchen machte. Er streute Paprika drauf, und die Haut wurde wunderbar kross. Ich würde dir gern den Duft zuwedeln, vielleicht hättest du auch Freude daran. Hier drin steht die Luft, sie riecht nach Bleichmittel und dem Kleber von Heftpflaster. Die idiotischen Ärzte finden es unsinnig, dass ich dich Dinge berühren, Musik hören, einen Geruch einatmen lasse, aber die haben keine Ahnung. Wenn du nicht bald aufwachst, dann werde ich dafür sorgen, dass du mit nach Hause kommst. Die Landluft wird dir ganz sicher guttun.

Als ich zum Flughafen fuhr, um so schnell wie möglich herzukommen, hat Oreste es gar nicht mitbekommen. Von der gemeinsam verbrachten Zeit, den Spaziergängen, den zusammen gelesenen Seiten ist in ihm keine Spur geblieben. Was wohl mit den Erinnerungen geschieht, wenn der Geist schwindet?

Heute liegt der Sommer in der Luft. Die Gärtner beschneiden die Äste und mähen den Rasen, der Duft dringt bis in diesen isolierten Raum unter dem Dach des Krankenhauses. Die Tage sind länger geworden. Die Leute im Hof lassen ihre Jacken offen, manche tragen das Sakko über dem Arm. Der Himmel ist von einem verwaschenen Antikblau, in den Stationszimmern lässt die Sonne Wände und Gesichter der Patienten erstrahlen.

Ich spreche weiter zu dir, und es kommt mir vor, als durchlebte auch ich einen langen Schlaf, der nie mehr aufhört. Einen Schlaf mit offenen Augen, wer weiß, wohin er mich führen wird, wenn diese Erzählung zu Ende ist. Ich habe keine Ahnung, was dann passiert, ob du noch hier liegen wirst, ohne auch nur die kleinste Regung zu zeigen, oder was ich noch hier drinnen soll. Ich muss lernen, für die zu leben, die bleiben, ich weiß, aber ich bin dazu noch nicht fähig. Der Gedanke, dass du nicht aufwachst, dringt allmählich in mich ein, er ist eine Nadel, die die Haut durchstochen hat. Ich spüre, wie das Medikament die Nerven erreicht, sich mit dem Fleisch vermischt. Aber es tut nicht weh, es ist nur ein letzter Übergang.

Die Frauen mit dem Servierwagen kommen herauf, um das Essen auszugeben, sie füllen den Teller und stellen ihn mir hin wie einer x-beliebigen Patientin. Eine Kelle voll Suppe, zwei Scheiben Schinken, ein Apfel. Ich esse lustlos, obwohl ich am liebsten gar nicht mehr trinken und essen würde – mir lieber die Nadel des Tropfs in den Arm stechen, mich über die Venen ernähren und nur noch still daliegen würde neben dir. Dann endlich bräuchten wir auch keine Worte mehr, weil wir eins wären.

Immer seltener werden die Momente, in denen ich aufstehe, weil ich denke, gleich wachst du auf. Gestern habe ich den Apparat betrachtet, der Herz und Atmung überwacht, bin den Kabeln bis zur Steckdose gefolgt. Der Gedanke beginnt Form anzunehmen. Ein kurzer Ruck, die Maschine steht still. Kein *Biep* mehr, das Beatmungsgerät pumpt keinen Sauerstoff mehr. Nichts. Ich befreie dich von allem.

Eine Hand legt sich auf meine Schulter. Es ist nicht Doktor Petran, keine Krankenschwester, die mir einen Kamillentee bringt, und auch nicht Angelica. Es ist dein Vater. Sein Schnurrbart ist grau geworden, er hat jetzt einen Bauch, doch seine Augen sind noch nicht erloschen. Wir schauen uns an, reglos wie Wachposten, dann fasst er sich ein Herz und umarmt mich, während er mit offenem Mund auf den Monitor starrt.

Fast eine Stunde lang lasse ich ihn allein im Ruhezimmer. Ich lehne mich an die Wand im Flur, verschränke die Arme über der Brust und schaue zu, wie er weint. Ich wünsche mir, dass er zu dir spricht, dass auch er dir seine Geschichte erzählt, aber ich bin mir sicher, dass er es nicht tut. Draußen kneift er die Augen zu und versucht, mich nicht anzuschauen.

»Möchtest du Wasser?«, frage ich ihn.

»Ich möchte, dass Manuel aufwacht.«

»Trink etwas Wasser«, sage ich und drücke ihm die kleine Flasche in die Hand.

»Und ich will, dass er uns verzeiht«, sagt er, ehe er trinkt.

»Manchmal kommt es mir vor, als wäre sein Gesicht wieder so wie früher, als kleines Kind.«

»Kannst du mich bitte noch ein bisschen allein lassen? Ich geh mir mal schnell die Beine vertreten, dann komme ich zu dir zurück, und wir reden nicht mehr darüber.«

Zu Mittag essen wir an einem Plastiktisch in der Krankenhauskantine. Angelica lehnt den Kopf an die Schulter ihres Vaters, drückt ihm einen Schmatz auf die Wange, erzählt ihm von der Verteidigung ihrer Doktorarbeit.

»Tut mir leid, dass ich nicht kommen konnte.«

»Schon gut, Mama war auch nicht da«, sagt sie mit einem Seitenblick. »Dafür musst du mich aber mal im Lastwagen mitnehmen. Darf ich auch mal lenken?«

»Na klar!«, lacht er.

»Oder ich komme mal mit, wenn du nach Sibirien fährst, in dem Monstrum kann man doch bestimmt auch übernachten, oder?«

»Und ob. Leider gehört das Monstrum nicht mir. Schön wär's!«

Jetzt, wo er nicht mehr in der Fabrik arbeitet, sind seine Hände wieder glatt. Dafür sehen seine Zähne mitgenommen aus, und die Geheimratsecken sind größer geworden, als hätte jemand ihm

Vogelflügel auf den Schädel gemalt. Es kommt mir unwirklich vor, dass wir mal verheiratet waren und zwei Kinder in die Welt gesetzt haben. Ereignisse aus einem anderen Leben.

Filip und ich bleiben bis zum Abendessen zusammen, lehnen mit dem Rücken am Heizkörper im Flur. Wir unterhalten uns ein bisschen, dann gehen wir ein wenig spazieren, alles, um den Tränen keinen Raum zu lassen. Am Ende der Besuchszeit zeige ich ihm mein Zimmer, das nicht mehr genutzte Sprechzimmer in der Nähe der Intensivstation, das ich noch immer jeden Abend um acht aufsuche.

»Kann ich hier bei dir übernachten?«, fragt Filip. »Platz genug für uns beide wäre ja, ich kann auch auf dem Boden schlafen.«

»Das gäb nur wieder einen Anschiss.«

»Aber du, möchtest du?«, fragt er und hebt den Blick.

»Ich glaub nicht.«

Da kommt er näher, zieht mich am T-Shirt-Kragen zu sich heran und will mir an die Brust fassen. Ich stoße ihn weg und will schreien, aber da hat er schon ein Bündel Geldscheine in mein Dekolleté gesteckt.

»Mehr schaffe ich nicht«, sagt er und lässt die Hände sinken.

Ich starre ihn an und versuche herauszufinden, ob ich ihn hasse.

»Willst du wirklich nicht, dass ich heute Nacht bei dir bleibe?«

»Bestimmt nicht.«

»Du bist diejenige, die weggegangen ist, erinnerst du dich?«

»Ja.«

»Du hast mich im Stich gelassen.«

»Hör auf, wie ein kleiner Junge zu reden.«

»Hör du lieber auf, Daniela.«

»Arbeitest du wirklich als Lastwagenfahrer?«

»Das hab ich anderthalb Jahre gemacht, dann haben sie mich entlassen. Von dem Geld, das ich verdient hab, hab ich mir einen Lieferwagen gekauft, jetzt arbeite ich als Bote.«

»Und, verdienst du gut?«

»Nein, hundsmiserabel. Und man hat nie Feierabend.«

»Hast du eine andere?«

»Was ist das, ein Kreuzverhör?«

»Hast du eine andere?«, wiederhole ich ungerührt.

»Geht dich nichts an.«

»Stimmt, geht mich nichts an.«

Wir stehen da und schauen uns an wie zwei Duellanten, dann kommt Filip näher und berührt mein Haar: »Bitte, sag den Kindern nicht, dass ich als Bote arbeite.«

»Keine Sorge, ich werd's ihnen nicht verraten.«

Und doch fand ich es schade, dass Filip nicht dabei war. Ich hätte es schön gefunden, wenn alle da gewesen wären. Angelica, meine Mutter, Anna, Oreste … Doch an jenem Tag waren nur ich und der Neurologe da, der die Daten im Computer prüfte. Ich habe nicht mit dir gesprochen, zumindest erinnere ich mich nicht daran. Du hast erst ein Auge geöffnet, dann das andere. Ich hielt mich an dem Drehstuhl fest, als säße ich in einem Flugzeug, das gleich an einer Felswand zerschellt. Den Kopf hast du nicht bewegt, nur die Pupillen. Ich habe den Monitor mit den Händen umfasst, dann bin ich langsam aufgestanden und ganz leise zurückgewichen. Habe den Neurologen am Kittel gezogen und, weil ich nichts sagen konnte, auf dein Gesicht gezeigt. Er ist sofort ins Ruhezimmer getreten, hat sich über deine Augen gebeugt und mit dem Daumen nacheinander deine Lider angehoben, die sich wieder geschlossen hatten. Er hat mehr Sauerstoff gegeben, mit dem Stethoskop deine Brust abgehört und dann begonnen, dir mit zwei Fingern die Stirn, den Hals und schließlich die Schultern zu massieren.

»Wählen Sie Intern 7 und sagen Sie, die sollen mir zwei Pflegerinnen hochschicken und dem Chefarzt Bescheid sagen.«

Ich wiederholte die Telefonnummer, als könnte man sie sich unmöglich merken. Doktor Petran ordnete an, noch einen Tropf anzuschließen. Als ich ihn fragte, was er da tue, antwortete er, ich solle auf der Stelle den Mund halten und rausgehen.

Nach einer Stunde ist der Neurologe rausgekommen und hat verkündet: »Er ist aufgewacht.«

Fast hätte ich diesen Arzt erdrückt, so fest habe ich ihn umarmt. Glück ist, wenn Tränen und Lachen zugleich aus einem herausbrechen, das weiß ich genau so, wie ich weiß, dass ich atme.

Dann kam auch Doktor Petran heraus und sagte: »Seit Wochen harren Sie hier im Krankenhaus aus, und jetzt, wo Ihr Sohn wach ist, wollen Sie nicht reingehen?«

Aber ich konnte mich nicht rühren und auch nicht aufhören zu schluchzen. Der Neurologe lachte und klopfte mir auf die Schulter. Ich solle die Arme öffnen und tief einatmen, sagte er.

»Wenn Sie sich ausgeweint haben, können Sie zu ihm. Vermeiden Sie alles, was ihn aufregen könnte, strengen Sie ihn nicht an und sprechen Sie nicht mit ihm. Keine sinnlosen Anregungen, verstanden?«, ermahnte er mich und hielt mir den ausgestreckten

Finger vors Gesicht. »Möglich, dass er bald wieder einschläft, aber im Koma ist er nicht mehr.« Und dann gab er einer Schwester ein Zeichen, mich im Auge zu behalten.

»Und wie geht es jetzt weiter?«, stammelte ich.

»Das erkläre ich Ihnen morgen«, antwortete Doktor Petran. »Jetzt beruhigen Sie sich erst mal und benachrichtigen Sie Angelica. Und bitte, gehen Sie nicht in diesem Zustand zu ihm!«

Angelica ließ sich von Mario herfahren, dem Nachbarn. Als wir das Ruhezimmer betraten, hast du dich umgeschaut wie ein Neugeborenes.

DRITTER TEIL

Bumerang

Nach einem Monat wurde Manuel aus dem Krankenhaus entlassen. Mama mietete sich eine kleine Wohnung im Stadtzentrum von Iaşi, wo wir den ganzen Sommer über zusammenwohnten. Sie war teuer, aber es gab keine Alternative: Jeden Tag von Rădeni in die Stadt und wieder zurückzufahren, war unmöglich. Ich schlief auf dem Ausziehsofa, die beiden richteten sich im Schlafzimmer ein. Dort gab es sogar einen kleinen Balkon, auf dem Mama die Wäsche aufhängte und mein Bruder Comics las. Die Reha absolvierte Manuel in einer Tagesklinik: zwei Monate Physiotherapie, Untersuchungen beim Neurologen, beim Augenarzt, beim Orthopäden …

Doktor Petran stand uns noch immer zur Seite. Er bemühte sich, Manuel Mut zuzusprechen, mich zu beruhigen und vor allem Mama zur Vernunft zu bringen.

»Hören Sie auf das, was der Psychiater Ihnen gesagt hat, und quälen Sie Ihren Sohn nicht mit Fragen: kein ›Warum hast du das gemacht?‹, kein ›Erinnerst du dich daran, was in dem Moment passiert ist?‹ oder Dinge in der Art, haben Sie verstanden?«

Bei Manuels Entlassung bestätigte der Neurologe, dass das Gehirn nicht geschädigt und die Blutungen sämtlich resorbiert seien, als einzige Spätfolge könnte Manuels Beweglichkeit etwas eingeschränkt bleiben. Der Psychiater hingegen bemerkte bei Manuel eine Schwermut und verschrieb ihm ein Antidepressivum, das er aber nie genommen hat.

Auch die Physiotherapeutin, eine kräftige Frau mit männlichen Gesichtszügen, wurde mit fortschreitender Behandlung optimistischer.

»Die Dekubitusmatratze hat nicht verhindert, dass er sich wundgelegen hat, aber sein Gewebe ist kräftig, und die Narben von den wunden Stellen werden früher oder später verschwinden«, erklärte sie uns, während sie seine Beine anhob, um sie zu massieren. Sie schmierte seine Haut mit einer durchsichtigen, klebrigen Creme ein, die wir vor den Behandlungen kaufen mussten. Jedes Mal, wenn Mama bezahlte, schüttelte sie den Kopf.

»Jetzt stehen wir wieder ganz am Anfang«, jammerte sie, während sie das Geld aus einem Umschlag holte, der an einer Ecke aufgerissen war.

Das Geld wurde bei ihr immer mehr zur fixen Idee, manchmal sah ich sie am Küchentisch rechnen, bis sie plötzlich genervt die Blätter vom Block riss und sagte, Papa sei ein Arschloch. Apropos

Papa: Seit dem Tag, als er im Krankenhaus aufgetaucht war und wir zusammen in der Kantine gegessen hatten, hat er sich nicht mehr blicken lassen.
Einmal habe ich noch mit ihm telefoniert, aber da
blieb er vage und druckste rum, sagte mir nicht
mal, wann er wiederkäme oder wir wieder telefonieren würden. Und danach ging er auch nie mehr
dran, schickte mir nur ab und zu Sprachnachrichten, in denen er fragte, wie es Manuel gehe, und
lächerliche Versprechungen machte.

Anfangs kam ich mit, wenn Mama und mein
Bruder zu den Reha-Behandlungen fuhren. Punkt
halb acht holte uns ein Kleinbus des Krankenhau-
ses ab. Um die Uhrzeit war es noch kühl, aber der
Sommer war sehr schwül, zum Glück hatte die
Turnhalle hohe Decken und große Fenster, so dass
wenigstens ein bisschen Luft zirkulierte. Ich setzte
mich neben Mama auf eine Bank an der Wand.
Ständig kamen und gingen Downies, Autisten,
Alte, die postoperative Gymnastik trieben, oder
Leute wie Manuel, die einen Unfall gehabt hatten.
Ich bedauerte, dass ich nicht mehr für die Prüfun-
gen lernen musste, dann hätte ich mich einfach von
dem Spektakel abschotten können. Es kam vor,
dass die Behandlungen sich über volle drei Stunden hinzogen. Erst erhielt er eine Wirbelsäulen-
massage, dann kamen Arme und Hals dran. »Wir

versuchen, die Blockade in der Schulter etwas zu lockern«, sagte der Arzt, ehe er ihm die Beine mit Pads für die Muskelstimulation bepflasterte.

In der Pause kam Manuel mit seiner Krücke langsam und schwankend zu uns gehumpelt. Sein Haar fiel ihm in die Augen, das machte er absichtlich, nie ließ er die Stirn frei. Eines Nachmittags nach der Behandlung schnitt Mama sie ihm ab. Manuel auf der Kloschüssel und Mama, die einzeln die Strähnen hob: »Damit man dein Gesicht mal sehen kann!«, sagte sie bei jedem Schnipp.

Ohne die Mähne sah er wieder aus wie ein kleiner Junge. Das Koma hatte sein Aussehen verändert, seine Augen waren größer geworden, verloren, die Lippen trocken, die Stimme heiser wegen der Intubation. Wäre er nicht mein Bruder gewesen, ich hätte ihn nur mit Mühe wiedererkannt.

Die Physiotherapeutin ließ ihn im Kreis um die Halle marschieren: »Eins-zwei, eins-zwei«, sagte sie die ganze Zeit, und wenn Manuel stehen blieb, um zu Atem zu kommen, kam sie mit wehendem Kittel angelaufen, klatschte in die Hände und rief mit Generalsstimme: »Auf, auf, keine Müdigkeit vorschützen!«

Es war unerträglich, dabei zusehen zu müssen, die Zeit wollte nicht vergehen, und wenn ich meinen erschöpften Bruder sah, wuchs in mir der

Wunsch, ihn von hier wegzubringen. Zum Abschluss bekam er eine weitere Massageeinheit, um die Muskeln zu entspannen. Mama saß neben mir auf der Bank, den Blick auf ihn gerichtet, und sagte: »Wie schwer es ist, wieder ins Leben zu finden.«

Nach einer Woche bin ich nicht mehr mitgegangen, ich hab zu Hause gewartet und mich ums Mittagessen gekümmert. Wenn es kühl genug war, aßen wir auf dem Schlafzimmerbalkon, sonst vor den Nachrichten. Es war seltsam, mit Mama und Manuel in dieser Wohnung zu leben. Die beiden folgten mir überallhin, überall musste ich mich mit ihnen beschäftigen. Ich erinnere mich noch, als ich zum ersten Mal wieder mein Zimmer im Studentenwohnheim betrat: Ich hab mich aufs Bett gelegt, mir eine Zigarette angezündet und mich so befreit gefühlt, dass ich geschrien habe.

Wenn Manuel aus dem Krankenhaus kam, war er erschöpft, gegen sechs Uhr aß er zu Abend und legte sich dann aufs Sofa. Wenn er vor dem Fernseher oder dem Nintendo saß, brannten ihm bald die Augen – »Wie Nebel fühlt sich das an«, sagte er –, und deshalb versuchten wir, ihn mit Brettspielen bei Laune zu halten oder indem wir uns unterhielten. Von seinen Klassenkameraden hat sich nie einer blicken lassen, und er hatte auch nicht die geringste Lust, sie anzurufen. Wenn wir ihm das vorschlugen, war er genervt und sagte, wir sollten ihm nicht auf den Sack gehen. Dann setzten Mama und ich uns zu ihm, doch unsere Gespräche versiegten rasch. Wir hatten uns nichts zu erzählen.

Eines Abends bestellten wir Manuels Lieblingspizza, mit Salami. Wir aßen sie, ohne den Tisch zu decken. Mama und ich mit den Kartons auf den Knien, mein Bruder mit den Füßen auf dem Stuhl vor ihm. Nach dem Abendessen fragte ich, ob er Musik hören wolle, doch er hatte keine Lust. Er schlief bald ein, und weil ich auch müde war, ging ich ins Schlafzimmer und legte mich aufs Bett. Ich war am Chatten, als ich Mama reden hörte. Nach einer Weile stand ich auf und legte das Ohr an die Wand, aber ihre Worte ergaben keinen Sinn. Auf Zehenspitzen ging ich ins Wohnzimmer, und da saß sie neben Manuel und massierte ihm die Beine. Als sie mich sah, verstummte sie sofort.

»Führst du Selbstgespräche?«

»Ja«, gestand sie halblaut.

»Schläft Manuel heute auf dem Sofa?«

»Ich bleib hier, du kannst das große Bett haben.«

»Willst du im Sitzen schlafen?«

»Ich bin's gewöhnt«, sagte sie und lächelte matt.

»Was hast du da eben gesagt? Waren das Gebete?«

Sie senkte den Kopf, aber als sie merkte, dass ich noch immer dastand, antwortete sie: »Ich hab ihm erzählt, was ich in Italien gemacht habe, ich möchte, dass er begreift, dass ich es für ihn getan habe.«

»Warum sagst du es ihm denn nicht, wenn er wach ist?«

»Ist noch Kaffee da?«, fragte sie und streichelte weiter über seine Beine.

»Nur löslicher.«

»Ist mir auch recht.«

Wir tranken Nescafé im Dunkeln. Manuel schnarchte leise, draußen hörte man von ferne den Verkehr. Wolken von Mücken und Nachtfaltern umschwärmten die Straßenlaterne.

Der Unfall hat Schäden an der Schulter verursacht, eine Zeitlang wird Manuel keine Lasten heben und auch nicht rennen können. Trotzdem war das Koma, sagen die Ärzte, ein Glücksfall.

»Eine Schutzfunktion des Körpers, der die Selbstheilung unterstützt«, erklärte Doktor Petran uns in seinem Sprechzimmer. Manuel, der sich noch den Schweiß von den anstrengenden Übungen der Physiotherapie abwischte, hörte zerstreut zu.

Mama ist es lieber, wenn ich bei den Arztgesprächen dabei bin. Das Leben im Krankenhaus hat sie mehr ausgelaugt als das in Italien. Sie hat Mühe, sich zu konzentrieren, oft starrt sie gedankenverloren ins Nichts.

»Du hast studiert, du verstehst das besser als ich«, versuchte sie mich zu überzeugen.

Mich nervten diese Bemerkungen, das war ihre Masche, mir eine Verantwortung aufzuhalsen und sie als Kompliment zu tarnen, aber ich mache mir nichts aus Komplimenten. Vor den anderen sprach sie mit großem Stolz von mir, ich war der lebende Beweis, dass ihre Opfer zu etwas nütze gewesen waren, dabei hat sie sich nicht mal zur Zeugnisvergabe in der Uni blicken lassen.

Hatten wir keinen Arzttermin, blieb ich zu Hause, wartete, bis die beiden abgedampft waren, und stand gegen acht Uhr auf. Dann ging ich zu Tania frühstücken, einer der wenigen Kommilitoninnen, die im Juli im Wohnheim waren. Sie hatte ein Zimmer im obersten Stockwerk und saß an ihrer Abschlussarbeit. Ich verbrachte gern Zeit mit ihr, denn wir verstanden uns auch ohne Worte. Ich betrat ihr Zimmer, setzte mich im Schneidersitz auf ihr Bett, aß ein paar Scheiben Toast mit Butter und trank Kaffee mit ihr. Sie räumte ein bisschen auf, wischte penibel den Schreibtisch ab, weil sie unter einer Hausstauballergie litt, drehte mir dann den Rücken zu und machte sich ans Lernen. Wenn ich Tschüs sagte, drehte sie sich um und lächelte.

»Ach, bleib doch noch ein bisschen.«

Freundschaft heißt für mich nicht, die intimsten Geheimnisse auszutauschen, ich hab nicht immer Lust, in mich hineinzuschauen. Im Gegenteil, ich brauche Zerstreuung, manchmal muss ich einfach vergessen, wer ich bin. Im Gymnasium war ich mit Bea und Clara befreundet, die sich stundenlang mein Gejammer anhören mussten. Nach der Schule haben wir uns aus den Augen verloren, und jetzt weiß ich nicht mal, was sie machen oder ob sie im Ausland studieren. Ich glaube, irgendwann hatten sie es satt, etwas mit mir zu unternehmen, weil ich immer mies drauf war. Ich hab alle runtergezogen. Erst vor ein paar Jahren ist mir klargeworden: besser so tun, als wär nichts, sich ablenken, allein zurechtkommen. Ich mein, wenn's dir nicht gut geht, was können die anderen daran ändern?

»Willst du nicht mal zum Essen zu uns kommen? Wir holen uns eine Pizza bei Pocodopo«, fragte ich Tania. Aber dann wurde ich nie konkreter, weil ich mich für meine Mutter mit ihrer aufdringlichen Fragerei und ihren obsessiven Vergleichen zwischen mir und den anderen schämte, und auch für Manuel, der sich nie mal auch nur ein Wort abringen wollte. Leute, denen es schlechtgeht, glauben immer, sie können auf die anderen pfeifen und müssen nie mal danke sagen.

Nachmittags ging ich im Supermarkt einkaufen und bereitete das Abendessen vor, weil Manuel, wenn er aus dem Krankenhaus kam, Hunger hatte. Seine Tage endeten früh, und wenn ich ihn einschlafen sah, obwohl es draußen noch hell war, musste ich an unsere gemeinsame Zeit im Studentenheim denken, als wir bis in die Puppen zusammen geredet haben.

Abends stellte ich Mama und Manuel die Teller hin und ließ sie allein essen. Manchmal kam ich mir vor wie eine Kellnerin, dann wieder hielt ich mich für eine Egoistin, weil ich so dachte.

»Ich geh zu Tania!« oder »Ich geh ein bisschen spazieren!«, rief ich manchmal auf der Türschwelle, aber das war nicht die Wahrheit.

Die Wahrheit sollten sie auf einen Schlag erfahren, hatte ich beschlossen.

Ende Juli kehrten Mama und Manuel nach Rădeni zurück. Ich wollte ein paar Tage später nachkommen, so konnte ich noch saubermachen und hatte einen Abend für mich. Ich muss mich von Orten verabschieden, will ein letztes Mal still dastehen und sie betrachten, auch wenn dieses Stilldastehen nichts mit Ruhe zu tun hat.

Ich ging zu Tania, einen Kaffee trinken, so konnte ich mich gleich auch vom Wohnheim verabschieden. Nicht dass es dort wahnsinnig toll gewesen wäre, im Grunde war es reichlich runtergekommen, aber ich habe dort einige wichtige Augenblicke erlebt. Während ich die Treppen hinunterstieg, dachte ich daran, wie ich auf dem Bett gelernt und wie ich mit einem Jungen, der eins drüber wohnte, geschlafen hatte. Und ich dachte an den Tag, als mein bekloppter Bruder in der Tür stand, und an den Abend, als wir in die Kneipe gingen und er noch nicht das erschreckte Gesicht eines Menschen hatte, der dem Tod ins Auge geschaut hat. Weil Mama immer alles bezahlt hat, hab ich bis zum heutigen Tag noch nie gearbeitet. Dass ich aufs internationale Gymnasium gehen, dass ich wie die Kinder aus reichen Familien in der Stadt leben und bis zum Examen studieren konnte, verdanke ich nur dem, was Mama getan hat. Jetzt habe ich das Studium und das Studentenleben abgeschlossen: Ich werde mich anstrengen und allein zurechtkommen müssen. Es ist jetzt an mir.

Manuel lief ohne Krücke, in Rădeni machte er in wenigen Tagen mehr Fortschritte als in zwei Monaten Reha. Vormittags ging er mit Mama spazieren, oder er besuchte Oma Rosa, die ihm, sobald sie ihn sah, Ei mit Zucker verrührte.

»Trink, das macht stark!«, befahl sie.

Auch mit ihr ging er spazieren, bis zum Waldrand kamen sie und kehrten bei den ersten Buchen um. Nach dem Tod von Opa Mihai hatte Manuel sie jeden Nachmittag besucht: »Ab jetzt kümmere ich mich um Oma.«

Es war ein Sonntagnachmittag, als ich mit Radu aufgetaucht bin, Mama und Manuel waren im Obergeschoss. Ich rief laut nach ihnen, woraufhin sie ans Fenster kamen, Manuel schwenkte eine Maurerkelle.

»Hallo, ich bin Radu«, sagte er und reichte erst ihr, dann ihm die Hand.

»Guten Tag, kommt rein«, antwortete Mama

verlegen, während sie sich die Hände am Kleid abwischte und Zementbrösel zu Boden rieseln ließ.

Manuel war guter Laune, und auch wenn er sich dauernd räusperte, begann seine Stimme langsam wieder seiner früheren zu ähneln. »Ich bin gern da oben, irgendwann wird alles tipptopp ausgebaut sein«, sagte er mit seinem neuen abwesenden Gesichtsausdruck, den ich noch immer nicht entschlüsseln konnte.

»Weißt du noch, dass du ein Bed and Breakfast aufziehen wolltest?«, fragte ich lächelnd.

»Will ich immer noch! Wenn wir unser Haus und das von Oma zusammenlegen, haben wir mehr als zehn Zimmer.«

»Und wer, glaubst du, will hier Ferien machen?«, fragte Mama.

»Ich zum Beispiel«, antwortete er ärgerlich. »Vom Fenster aus sieht man die Sonnenblumen, dahinter den Wald. Ich würde viel lieber an so einem Ort meine Ferien verbringen als am Schwarzen Meer wie alle.«

»Radu ist Ingenieur, weißt du? Er könnte dir Tipps geben«, sagte ich, um das Eis zu brechen. Dann fasste ich mir ein Herz, schaltete den Fernseher aus, der im Hintergrund brummte, und blickte sie an: »Radu und ich sind seit fast zwei Jahren verlobt, ich wollte, dass ihr ihn kennenlernt.«

In Mamas Augen trat ein Schimmer. Manuel lächelte, doch wenn er meinem Blick begegnete, wandte er den Kopf ab. Radu ging die Platte mit dem Apfelkuchen holen, und Mama öffnete eine Flasche Dessertwein. Ständig wiederholte sie, wie sehr sie sich für uns freue und dass ich es hätte ankündigen müssen, dann hätte sie sich ein anständiges Kleid anziehen können.

Radu erzählte ihr von seiner Familie, die in Iaşi wohne, die Großeltern hingegen in Dancu, einem Vorort. Die Mutter arbeite bei einer Spedition, der Vater sei Feldwebel. Ich frohlockte über seine Redegewandtheit, betrachtete sein weißes Hemd, das glatte schwarze Haar, durch das er sich dauernd mit der Hand fuhr. Ich hatte schon vor Radu ein paar Erfahrungen mit Jungs gemacht, aber verglichen mit seinen Küssen kamen mir die anderen vor wie eine Pflichtveranstaltung.

»Wo habt ihr euch kennengelernt?«, fragte Mama.

»In der Uni-Mensa«, antwortete Radu lächelnd.

»Er hat sich an meinen Tisch gesetzt, weil alle anderen besetzt waren«, fuhr ich fort. »Wir haben beide das Gesicht verzogen, weil die Linsensuppe so scheußlich schmeckte, und da hat er mich auf einen Hotdog an einem Stand auf der Straße eingeladen. Und danach wollte er mich unbedingt noch auf einen Kaffee in der Bar einladen.«

»Sechs Stunden sind wir in dieser Bar geblieben!«, ergänzte Radu.

»Ja, stimmt … als wir rauskamen, wussten wir alles über uns.«

Radu hatte mich noch auf der Schwelle zum Haus gebeten, die Nachrichten häppchenweise zu servieren, doch wie üblich habe ich mich nicht bremsen lassen. Und nachdem wir zu Mittag gegessen und uns über die Ferien in Vama Veche und über Mailand ausgetauscht hatten, nachdem Mama ihr Bratenrezept preisgegeben und Radu vom Eierauflauf seiner Großmutter geschwärmt hatte, schaute ich Mama an und sagte: »Ich weiß nicht, wie ich es dir sonst beibringen soll, und wenn es nicht die geschickteste Art und Weise ist, dann bitte ich schon jetzt um Verzeihung.«

Sie fuhr auf und fragte: »Bist du schwanger?«, den Hals vorgereckt wie ein Schwan.

Radu und ich platzten los, schüttelten heftig den Kopf und hoben abwehrend die Hände.

»Dann heiraten sie bestimmt«, sagte Manuel.

Wir rissen wie ertappt die Augen auf, und Mama sah mir direkt ins Gesicht. Ihre Miene hatte sich verdüstert.

»Ist das wahr?«, fragte sie.

»Ja, am zwanzigsten September!«, rief ich enthusiastisch. Es wurde mucksmäuschenstill, alle drei schauten zu Mama. Aber ich konnte nun nicht mehr an mich halten: »Radu hat eine Praktikumsstelle in Berlin, gleich nach der Hochzeit ziehen wir um.«

Da stand Mama auf und ging nach draußen, um eine zu rauchen. Als sie zurückkam, war ihr Gesicht finster, die Lippen starr: »Warum diese Eile?«

»Es ist so eine tolle Gelegenheit.«

»Du könntest doch auch erst später nachziehen«, sagte sie und sah nur mich an.

»Nein, ich will nicht heiraten, um allein zu sein«, antwortete ich und ergriff Radus Hand.

Radu schaute auf seinen Teller, während Mama sich daranmachte, die Küche aufzuräumen. Er versuchte ihr zu erklären, um welche Art Praktikum es sich handelte, die Baufirma, bei der er arbeiten würde, habe ihm einen Vertrag geschickt, der die Miete einer Einzimmerwohnung in Kreuzberg miteinschloss, einem jungen Viertel voller Lokale und Geschäfte.

»Ein bisschen eng wird's, aber wir werden's uns schon gemütlich machen«, sagte er und lächelte förmlich.

Mama hörte ihm nicht zu, sie hatte ihm den Rücken zugedreht und wartete, dass der Kaffee durchlief.

»Und du bleibst zu Hause und strickst, während dein Mann auf Arbeit geht?«, fragte sie wütend.

Wenn sie so redete, verabscheute ich sie, und ich bekam Lust, bei Nacht und Nebel abzuhauen, wie sie.

Ich begleitete Radu nach draußen, der Wind bleichte den Himmel aus, der Staub aus den Höfen wirbelte durch die Luft. Wir gingen nicht gleich zum Auto, machten einen kurzen Umweg zur Holzkirche und spazierten dann an den Sonnenblumen entlang, die sich dem wolkenentleerten Blau entgegenstreckten.

»Weißt du, was ich versäumt habe? In diesen Feldern mit einem Jungen zu schlafen. Alle meine Freundinnen haben das getan.«

»Jeder hat was im Leben versäumt«, sagte er, ohne meinen Worten Bedeutung zu schenken.

Ich wünschte mir so sehr, er hätte meine Hand genommen und mich in dieses Feld geführt. Einfach so, um zu tun, was die anderen getan hatten.

Radu meinte, meine Mutter sei überfordert gewesen. »Ihr hättet doch auch ohne mich darüber reden können, da hast du mich in eine unangenehme Lage gebracht.«

»Tut mir leid, ich wusste halt nicht, wie ich es sonst anfangen sollte, nachts träume ich schon von Berlin, und hier will ich nicht mehr bleiben. Ich hab's satt, das Kindermädchen für die beiden zu spielen.«

»Wenn du ihr anvertrauen würdest, wie du dich fühlst, würdest du nicht die Tür hinter dir zuknallen, wenn du gehst.«

Ich schüttelte den Kopf. »Das würde nichts nützen. Denkst du, sie hat es anders gemacht? Als sie nach Italien ging, da hat sie mich auch nicht gefragt, ob ich bereit wäre, mich um alles zu kümmern.« Ich nahm seinen Arm. »Weißt du, was ich denke? Mein Vater mag alle möglichen Mängel dieser Welt haben, aber er ist der Einzige in der Familie, der mich nie ausgenutzt hat.« Wir gingen zum Auto, und da Radu nichts erwiderte, fragte ich ihn: »Raus mit der Sprache, jetzt bereust du es, dass du mich heiraten wirst ...«

Er lachte und versuchte mich in der Taille zu kitzeln.

Manuel war in seinem Zimmer und hörte Radio, Mama saß starr vor dem Fernseher, ohne hinzuschauen.

»Warum?«, fragte sie, als ich wieder hereinkam.

»Warum was?«

»Du weißt genau, was ich meine, warum tust du das?«

»Was das?«

»Geh mir nicht auf die Nerven, antworte mir!«

Durchs Fenster drangen der süßliche Geruch

der Ställe und das Gekreisch der Nachbarskinder herein. Ich zündete mir eine Zigarette an und dachte plötzlich voller Sehnsucht an die Zeit, als wir zusammen im Hof des Krankenhauses geraucht hatten. Das nasse Laub unter den Schuhen, die Wipfel der Eichen, die das kalte Neonlicht der Abteilungen verdeckten, und diese animalische Notwendigkeit auszuharren, die die unauslöschlichen Differenzen zwischen uns verschleierte.

»Hör zu, Mama«, sagte ich ruhig. »Ich hab gewartet, bis du aus Italien zurückkehrst, ich hab gewartet, bis Manuel aufwacht und seine Reha überstanden hat. Ich hab gewartet, bis wir nach Rădeni zurückkehren, und wenn ich irgendeine Hoffnung hätte, dass Papa zurückkommt, würde ich mich zwingen, auch auf ihn zu warten. Aber jetzt ist es genug, ich will mich nicht mehr so fühlen.«

»Nicht mehr wie fühlen, wenn man fragen darf«, fuhr sie mich mit eisiger Stimme an.

»Unsichtbar.« Ihre harten Augen sahen mich erstaunt an. »Du brauchst gar nicht so ein Gesicht zu machen«, fuhr ich fort. »Sieht mich hier denn jemand? Merkt jemand, dass ich da bin?«

»In der Familie hat jeder seine Rolle«, entgegnete sie schroff und verschränkte ihre Arme vor der Brust.

»Nur dass du deine Rolle gewählt und mir meine

zugeteilt hast, ohne mich um meine Meinung zu fragen.«

»Ich hab hart geschuftet, Mädchen, und gedacht, du wärst stark genug, mich zu unterstützen.«

»Na gut, dann sagen wir's mal so: Ob ich stark bin, weiß ich nicht, aber ich weiß, dass ich gar keine Lust mehr hab, es zu sein.« Mama sah zu Boden, und ich bin sicher, sie lauschte ihren Gedanken, nicht meinen Worten. »Ich bin dir dankbar dafür, dass du mir ermöglicht hast zu studieren, aber gefallen hat mir dieses Leben nicht. Ich hab mich krummgelegt für Manuel, auch wenn ich es letztlich nicht geschafft habe, ihn vor all dem zu bewahren, und es tut mir leid wegen Papa, auch wenn du ihn gar nicht zu vermissen scheinst.«

»Er wollte dieses Haus verlassen, niemand hat ihn rausgeworfen«, antwortete sie. »Er hat mich verarscht und mein ganzes Geld eingesackt, stimmt's?«

»Ja.«

»Geld, mit dem wir jetzt problemlos die Medikamente für deinen Bruder bezahlen könnten, und deine Hochzeit auch. Aber so kann ich dir nichts geben, weil ich nicht weiß, wo hernehmen. Wer wird Manuels Behandlungen bezahlen? Und wenn du in Deutschland etwas brauchst, wirst du zu deinem Vater gehen? Los, antworte, ist es falsch, wenn ich diese Dinge bedenke?«

»Nein, ist es nicht.«

»Darf man dann erfahren, was du mir vorwirfst?«

»Du hättest wenigstens Manuel mitnehmen können.«

»Angelica, weißt du eigentlich, was für eine Art Arbeit ich da gemacht habe? Weißt du, wie ich gewohnt habe? Ich hatte keine Wohnung für mich, nur ein winziges Zimmerchen. Für eine Mietwohnung hat es nie gereicht, meinen ganzen Lohn hab ich euch geschickt und nur das Geld für Zigaretten behalten und sonst fast nichts. Du wirfst mir vor, ich hätte dir viel aufgebürdet, und da hast du recht. Wie gern hätte ich dir diese Mühen erspart, aber das ist nun mal die Arbeit, die man da bekommt, das ist das Land, in dem wir geboren sind, und das ist die Zeit, in der wir leben müssen, wir haben sie uns nicht ausgesucht, weder du noch ich. Manchmal redest du, als wärst du eine Königstochter.«

»Ich erkenne dich nicht wieder«, sagte ich.

Sie riss die Augen auf und ballte die Fäuste, dann entspannte sie die Gesichtsmuskeln und öffnete die Hände: »Und ich erkenne dich nicht wieder.«

»Du bist so gnadenlos, du könntest ruhig ein bisschen liebevoller sein.«

»Liebevoller …«, wiederholte sie leise. »Manchmal erscheint mir Liebe wie ein Luxus.«

»Was willst du damit sagen?«

»Ich weiß nicht, wie man liebevoll sein soll, wenn man kein Geld fürs Nötigste hat.«

Ich bekam wieder Lust zu rauchen, beherrschte mich aber. Um meine Nervosität in den Griff zu bekommen, umklammerte ich den Stuhl mit meinen Händen.

»Niemand gibt uns die Zeit zurück, die wir woanders verbracht haben, weißt du?«

»Und wie ich das weiß.«

Eine Weile sagten wir nichts. Mama betrachtete ihre Hände, ich sah immer mal wieder aus dem Fenster.

»Machen wir's doch so«, sagte ich in versöhnlicherem Ton. »Lass uns nicht länger darüber streiten, das bringt eh nichts. Die große Neuigkeit ist: Ich will ein neues Leben anfangen, und dazu muss ich von hier weggehen, weil dieses Haus und dieser Ort mir bis hier stehen, du, Papa und mein Bruder – ihr alle steht mir bis hier!«

»Red nicht so über Manuel!«

»Über den red ich, wie's mir passt! Ich wünsche ihm alles Glück der Welt, aber er hat mich ausgesaugt. Ich brauch Abstand, bevor ich ihn wieder liebhaben kann.«

Mama stand auf, machte das Fenster zu und zündete sich eine Zigarette an. »Kann sein, dass ich die schlimmste Mutter auf Erden bin, aber ich hab dich studieren lassen.«

»Du hörst mir nicht zu. Ich hab doch gesagt, dass ich dir dankbar bin! Dir habe ich es zu verdanken, dass ich einen Universitätsabschluss habe, dass ich nicht arbeiten gehen musste und dass ich Radu kennengelernt hab. Soll ich es dir schriftlich geben?«

»Und warum hasst du mich dann?«

»Aber ich hasse dich doch nicht, ich will nur von hier weggehen. Hier fühle ich mich alt.«

»Aber dann sind wir wieder voneinander getrennt!«

»Das ist nicht meine Schuld, Mama.«

»Ich bin weggegangen, damit wir eines Tages wieder alle zusammen sein können ...«

»Das ist nicht meine Schuld«, wiederholte ich.

Mama begann über den Flur zu laufen und mit sich selbst zu sprechen, aber so leise, dass man nur ein unverständliches Gebrabbel vernahm. »Dauernd habe ich euch Pakete und Päckchen geschickt, hab mich um Sonderangebote bemüht, um euch Klamotten oder ein Guthaben fürs Handy zu kaufen ... Und wenn ich abends angerufen habe, habt ihr mich nach drei Minuten abgewürgt, wenn ich nach Rădeni zurückkam, sah es im Haus aus wie in einem Saustall, nichts war an seinem Platz, und ich am allerwenigsten!«

Ich ging hinter ihr her und bat sie, das Gefasel sein zu lassen, aber sie redete einfach weiter vor sich hin, wie es ihr in den Sinn kam. Da packte ich sie am Arm, legte ihr die andere Hand auf den Mund und führte sie zum Schlafzimmer. Manuel schlief bei laufendem Radio. Ich schaltete es aus, sie ging zum Fenster und schloss die Läden. Der Himmel draußen war rosa, die Wolken lang und geriffelt, auf der Straße jagten sich zwei Hunde. Ich wollte ihr noch sagen, dass sie auf mich einen kranken Eindruck mache und dass sie ihre Nerven schonen solle, doch ich kam nicht dazu.

»Soll ich Abendessen machen?«, fragte sie.

»Wie du möchtest.«

»Soll ich dir ein Omelett machen?«

»Nur, wenn du auch was isst.«

Im Kühlschrank fand ich eine Flasche Weißwein. Während sie die Eier in die Schüssel schlug, öffnete ich sie und goss ihr als Erster ein. Mama trank das Glas in einem Zug und schenkte sich sofort nach.

Irgendwann hörte sie auf zu kauen, starrte ins Nichts und sagte: »Vielleicht ist es ja richtig so.«

Ich hielt inne und sah sie an: »Weißt du, was Radu mal zu mir gesagt hat? Du verstehst deine Mutter nicht, weil sie dir erlaubt hat, eine andere Frau zu werden.«

Sie hob den Kopf und musterte mich, wie Opa

Mihai es manchmal getan hatte, dann lächelte sie unsicher und aß weiter.

Nach dem Omelett tranken wir noch ein Glas Wein, dann stellten wir eine Suppenschüssel mit kaltem Wasser auf den Tisch, schütteten die Kirschen hinein, die Mario uns geschenkt hatte, und fischten uns mit den Fingern welche heraus. Praktisch veranlagt, wie sie ist, fragte Mama mich, wie ich mir die Feier vorstelle und wie viel Geld ich dafür benötige.

»Ich will kein Geld, hab ich doch schon gesagt.«

»Hättest du ein bisschen gewartet, hätte ich schon was aufgetrieben.«

»Fang bitte nicht wieder damit an.«

»Meinetwegen, dann sag mir, wie du es hinkriegen willst.«

»Wir wollen keine große Feier und auch kein Riesenbankett. Ich will kein weißes Kleid, ich will keine Musiker und auch kein endloses Mittagessen.«

»Dann kannst du es auch gleich ganz bleibenlassen«, sagte sie und schenkte sich nach.

»Traditionen sind mir vollkommen egal, mich nervt es, wenn die Leute so tun, als wären sie superreich, und in Wirklichkeit sind sie arm wie eine Kirchenmaus. Ich will es mir in meinem Leben gutgehen lassen, ich will nicht malochen, um mehr Geld zu haben, um das Haus auszubauen, um modische Klamotten zu kaufen, um auf eine unbezahlbare Privatschule zu gehen.«

»Sprichst du von mir?«

»Ja, Mama, du hast's erfasst«, antwortete ich und schaute ihr in die Augen. »Opa hat mal gesagt, wer sich wäscht und saubere Kleider trägt, der ist nie arm. Arm ist, wer den Dingen hinterherrennt, die alle wollen.«

»Jetzt spiel dich mal nicht so auf, Angelica, ich sag doch nur, zwei Menschen heiraten erst, wenn die Voraussetzungen dafür gegeben sind. Auch dein Opa hat es so gehalten.«

»Nein, zwei Menschen heiraten dann, wenn sie Lust dazu haben.«

»Und wie soll das gehen? Lädst du zu einem Kaffee in der Bahnhofsbar ein?«

»Wir feiern im kleinen Kreis, mit unseren Familien und ein paar Freunden. Das Mittagessen machen wir in Iaşi, im Panoramic. Radus Eltern schenken uns das.«

»Und was kann ich dir schenken?«

»Nichts.«

»Und macht ihr eine Hochzeitsreise?«

»Ich sagte doch, danach fahren wir sofort nach Berlin, damit wir uns ein bisschen eingewöhnen können, ehe Radu sein Praktikum beginnt.«

Sie ließ den Kopf sinken, dann plötzlich öffnete sich ihr Mund zu einem seltsamen Lächeln.

»Soll ich dir auch etwas verraten?«, fragte sie und sah wieder auf. »Der einzige Mann, mit dem ich in Italien was hatte, hieß Matteo und war Kinderarzt. Er war anständig und hatte genauso eine freundliche Stimme wie dein Radu.« Sie nahm sich ein paar Kirschen aus der Schüssel. »Wer weiß, was aus ihm geworden ist.«

An einem dieser Tage unternahmen Manuel und ich einen Spaziergang zum See, wo er mir gestand, wie sehr ihm Opa Mihai fehlte.

»Wenn er noch am Leben wäre, würde ich jetzt hier mit ihm sitzen, die Angelrute in der Hand, und darauf warten, dass eine Forelle anbeißt«, sagte er, wobei er Grashalme zwischen den Fingern zerrieb. »Ihr dagegen fragt mich dauernd, warum ich nichts sage, warum ich nicht rausgehe, warum ich keinen anrufe …« Er schnaubte und warf die Halme ins Wasser.

»Du redest halt so wenig, da machen wir uns Sorgen. Früher hast du nicht eine Sekunde den Schnabel gehalten.«

»Du musst gar nichts sagen, du hast ja nicht mal mir verraten, dass du verlobt bist.«

»Was hat das damit zu tun?«

»Ich sag nichts, weil ich nicht weiß, was ich sagen soll.«

»Steh mal auf«, befahl ich ihm.

Manuel sah mich erstaunt an, und ehe er dagegen protestieren konnte, nahm ich seine Arme und brachte sie zum Kreisen, wie die Physiotherapeutin.

»Ich hätte Lust, schwimmen zu gehen, wollen wir mal zusammen ins Schwimmbad gehen? Doktor Petran meint, es täte dir gut.«

»Okay«, antwortete er ausdruckslos.

Ich massierte ihm die Schultern, er ließ den Kopf nach hinten fallen und kniff die Augen zusammen, damit ihn die Sonne nicht blendete. Dann setzten wir uns im Schneidersitz wieder ans Ufer und betrachteten die sanften Wellen des Sees, die über dem Gras ausliefen. Auf dem Wasser spiegelte sich das Licht.

»So, und jetzt mal im Ernst: Was schenkst du mir zur Hochzeit?«

»Nichts.«

»Komm schon, nicht so knickerig.«

»Dann sag, was du gern hättest.«

»Du könntest mir dabei helfen, die Heiratsanzeigen zu schreiben. Gedruckte kosten Geld, und aussehen tun sie wie Rezepte vom Arzt.«

»Aber du musst mir vorgeben, was ich schreiben soll, ich schreib nur ab.«

»Einverstanden«, sagte ich und zündete mir eine Zigarette an. Er setzte sich plötzlich kerzengerade auf und schaute mich an. »O nein, vergiss es … Wenn ich dich nur einmal beim Rauchen erwische, dann kannst du was erleben!«

»Komm schon, Angi, nur einmal ziehen.«

»Kommt nicht in Frage.«

»Du bist doch nicht meine Mutter.«

»Gott sei Dank.«

»Komm, nur mal ziehen!«

»Nein, hab ich gesagt!«

Als Manuel versuchte, mir die Kippe aus der Hand zu reißen, schmiss ich sie kurzerhand ins Wasser. Wir sahen zu, wie sie obenauf schaukelte, als wäre sie ein Kanu. Eine Weile sagten wir nichts.

»Da wäre noch etwas, das du tun könntest«, sagte ich dann.

»Und das wäre?«, erwiderte er gelangweilt.

»Ich fänd's schön, wenn Papa bei der Hochzeit dabei wär.«

Manuel ließ den Kopf hängen, und in seinem Nacken sah ich das Stück Haut, wo ihm keine Haare mehr wuchsen. Stressbedingter Haarausfall, hatte der Arzt gesagt. Den hatte er bekommen, kurz nachdem Mama weggegangen war.

»Dazu müsste man wissen, wo der sich rumtreibt«, murmelte er und wühlte mit der Hand im Boden.

»Er arbeitet als Lastwagenfahrer, er ist jeden Tag an einem anderen Ort.«

»Moma möchte bestimmt nicht, dass er bei der Hochzeit dabei ist.«

»Es ist meine Hochzeit, nicht ihre.«

Er nickte, ohne den Blick vom See abzuwenden. »Erinnerst du dich an Vama Veche? An die Späßchen, die er mit uns getrieben hat?«

»Ja«, antwortete ich und lachte. »Einmal bin ich auf dem Badetuch eingeschlafen, und er hat sich ganz leise angeschlichen und mich wie einen Kartoffelsack auf seine Schulter genommen und ins Meer geworfen. Und wir sind immer ewig im Wasser geblieben.«

»Meinst du, sie kommen wieder zusammen?«

»Mir würde es genügen, wenn sie beide bei meiner Hochzeit dabei wären.«

»Als wir klein waren, waren sie ein schönes Paar.«

»O ja, ich war verliebt in ihre Liebe.«

»Komm, Angi, ruf ihn einfach an!«

Ich schaute ihm in die Augen, und als er den Satz voller Begeisterung wiederholte, fasste ich mir ein Herz. Ich probierte es drei Mal, aber Papa ging nicht dran.

»Los, versuch du mal«, sagte ich zu Manuel, und bei ihm sprang die Mailbox an.

»Hallo, Papa, hier ist Manuel, wie geht's? Mir geht's gut, ich bin jetzt wieder zu Hause. Besser gesagt, allmählich geht es aufwärts. Und was machst du so? Ich sitz hier mit Angelica am See, und die muss dir was sagen, hör mal.«

Plötzlich hatte ich das Handy wieder in der Hand und stammelte: »Papa, hallo, warum gehst du nie dran? Ich wollte dir nur sagen, dass ich am zwanzigsten September heirate. Radu, mein Verlobter, und ich feiern mit einem Mittagessen, willst du nicht auch kommen?«

Wir saßen da und schauten auf den See. Ein leichter Wind kam auf und kräuselte das Wasser, endlich war es nicht mehr so drückend.

»Schade, dass ich nicht wach war, als er mich im Krankenhaus besucht hat«, sagte Manuel und klopfte sich das Gras von der Hose.

»Schlafmütze!«, rief ich und half ihm beim Aufstehen.

Gegen sechs machten wir uns auf den Heimweg. Während wir am Wald entlanggingen, zogen Wolken auf, und der Himmel wurde dunkel. Ein Hase rannte zwischen den Bäumen hindurch. »Schau, Angi!«, rief Manuel.

Gemächlich gingen wir weiter. »Dieses Dorf ist doch wunderschön«, sagte er nach einer Weile. »Es gibt Hasen, den See ... Warum gehen alle weg?«

»Weil es keine Arbeit gibt.«

»Das muss ja nicht so bleiben.«

»Wenn du auf die Uni gehst, wird's dir hier auch zu eng werden.«

»Ich will aber nicht auf die Uni, ich denk gar nicht dran!«, sagte er aufgebracht. »Wenn's nach mir ginge, würde ich nicht mal mehr zur Schule gehen.«

»Und was möchtest du dann machen?«

»Ich möchte in Opas Garten sein, auf dem Markt Samen kaufen und Tomaten pflanzen. Ich möchte mich um den Kirschbaum kümmern und die Mansarde ausbauen, sobald es mir besser geht.«

»Dein ganzes Leben lang Tomaten pflanzen?«

»Was ist daran schlecht?«

»Hm, mach erst mal das Gymnasium zu Ende.«

Manuel wollte noch länger laufen, und so gingen wir bis zum Sägewerk und weiter über die befestigte Straße, wo haufenweise Schrott herumliegt. Unter der Holzbrücke hindurch gelangten wir zu den staubigen Zypressen des Friedhofs und betrachteten die Häuser: Jedes zweite oder dritte stand leer, die Rollläden seit Monaten heruntergelassen. Ab und zu war eins neu hergerichtet worden, andere, wie das unsere, den Unbilden des Wetters ausgesetzt und wieder andere zur Sommerfrische ehemaliger Einwohner von Rădeni umfunktioniert, die mittlerweile in irgendeiner fernen Stadt lebten.

Auf einer blaugestrichenen Veranda saß Damian vor dem Haus seines Onkels. Wir grüßten ihn, er hob den Kopf.

»Warum bist du nicht mehr mit den Jungs aus den Nachbarhäusern rausgegangen? Ist doch tröstlich zu wissen, dass andere im gleichen Boot sitzen, oder?«

Manuel zuckte mit den Achseln und zog die Mundwinkel herunter: »Ich find das nicht besonders tröstlich. Mit Damian hab ich mich schon ab und zu getroffen, aber am Schluss ging's nur noch darum, wessen Mutter mehr Sachen schickt.«

»Weißt du, was«, gestand ich ihm mit einem Lächeln, »ich hab in der Schule versucht zu verheimlichen, dass Mama in Italien arbeitet.«

»Ich wette, sie hätten dich gefragt, wie viel sie verdient, wie reich wir jetzt sind, wie viele Klamotten sie dir schickt …«

»Genau. An der Uni war es anders, die Mädchen waren solidarischer untereinander. Vielleicht wird es dir auch so ergehen.«

»Ich geh nicht auf die Uni, hab ich doch schon gesagt. Und ich hab kein Bock, über Moma zu reden.«

»Bist du wütend auf sie?«

»Glaub nicht«, antwortete er verwirrt und räusperte sich.

Als wir den Dorfplatz erreichten, hatte es angefangen zu regnen. Wir gingen Brot kaufen, und als die Mädchen aus dem Bäckerladen Manuel sahen, feierten sie ihn ausgiebig, die eine drückte ihm mit dem Lippenstift einen Kussmund auf die Wange, die andere schüttete ihm Nusskekse in die hohlen Hände.

Draußen goss es jetzt, und ich rannte los, Manuel tat instinktiv dasselbe, blieb aber nach wenigen Schritten stehen, ging in die Knie und hielt sich die Schulter. Ich kehrte um und kauerte mich vor ihm hin, um ihm ins Gesicht zu sehen.

»Entschuldige, ich bin echt zu doof, ich hab nicht dran gedacht«, sagte ich und suchte seinen Blick.

»Ich kann nicht mehr rennen, Angi.«

»Lass dir Zeit, du bist ja grad erst rausgekommen.«

»Wenn ich einschlafe, habe ich Angst, ich wache nicht mehr auf.«

»Du solltest die Tropfen nehmen, die sie dir im Krankenhaus gegeben haben, die würden dir helfen.« Ich streichelte ihm über das nasse Haar.

Ich ließ ihn in dem Unwetter weinen, und erst als er sich ein wenig gefasst hatte, gingen wir weiter. Langsam und ohne auf die Pfützen zu achten, in denen sich ein schmutziges Licht spiegelte. Ich schämte mich dafür, dass ich wütend auf ihn gewesen war, doch ich spürte: Diese Wut war echt, sie steckte mir in den Knochen.

Damit Oma Rosa uns nicht sah, gingen wir hintenrum am Garten entlang. Sie sitzt jetzt von morgens bis abends auf einem alten Korbstuhl, den sie ans Fenster gestellt hat, und pult Linsen oder fertigt Pullover, die Stricknadeln unter den Achseln. Man weiß nicht, ob sie diese Pullover verschenken oder verkaufen will. Nach draußen geht sie nur noch auf einen Spaziergang mit Manuel.

Der Garten der Großeltern wird von einer kleinen Trockenmauer eingefasst, Manuel wollte dort eine Pause machen und lehnte sich mit den Ellbogen auf die Steine. Er betrachtete die Zucchini, die Salatköpfe, die gierig den Regen tranken, die Weißdornhecke.

»Der Garten fehlt mir.«

»Wenn's dir bessergeht, kannst du ja wieder hin.«

»Diese Zucchini hab ich gesät, siehst du, wie groß sie geworden sind?«

»Hör mal, darf ich dich was fragen?« Ich stützte mich wie er auf die Ellbogen. »Sonst werd ich das nie tun.«

Gedankenverloren betrachtete Manuel das Grün: »Wenn wenigstens Opa noch da wäre …«, seufzte er. »Wenn ich dem etwas im Vertrauen gesagt hab, hat er nie so reagiert wie ihr. ›Schauen wir mal‹, hat er immer gesagt.«

Langsam ließ der Regen nach. Pitschnass standen wir neben dem Kirschbaum, die Haare klebten uns an der Stirn. Manuel stieß sich vom Mäuerchen ab und ging weiter.

»Was wolltest du mich fragen?«, sagte er, als wir unter der Pergola standen.

Ich blieb stehen und schaute ihn an, das nasse T-Shirt offenbarte, wie mager er geworden war.

»Was ist jetzt? Ich muss rein, mich umziehen.«

»Es tut mir leid, dass ich an dem Morgen so mit dir geschimpft habe, ich war so nervös. Entschuldige.«

»Okay, aber was wolltest du mich fragen?«

»Dieser Unfall«, sagte ich und zwang mich, ihm ins Gesicht zu sehen. »Wolltest du das, oder ist das aus Versehen passiert?«

Ein seltsamer Ausdruck trat auf sein Gesicht, den ich noch nie an ihm gesehen hatte. Einen Augenblick lang machte er mir Angst.

»Weiß ich nicht mehr«, sagte er und ließ mich an der Tür stehen.

Papa antwortete tags darauf mit einer Sprachnachricht: »Ich wohne jetzt in der Nähe von Sankt Petersburg, da arbeite ich als Maurer, ich bau Wolkenkratzer. Wir sind nur Rumänen auf der Baustelle. Also, Bumba, falls du planst, dir ein Haus zu bauen, dann sag Bescheid, und ich bin sofort da und zieh's dir hoch. Dann kann ich allen sagen, der Chef ist meine Tochter.« Er lachte. »Jedenfalls lobenswert, dass du heiratest, wenn ich's schaffe, komm ich vorbei, obwohl ich nicht glaube, dass deine Mutter viel Wert drauf legt, mich zu sehen. Und wenn ich es nicht schaffe vorbeizukommen, denk ich auf dem Gerüst an dich und schick dir ein Geschenk.«

Er würde nicht kommen, das war klar, aber wenigstens nannte er mich noch so. Bumba bedeutet mir mehr als jedes Kompliment, als jeder mögliche Kosename. Papa hat nie zu mir gesagt, ich sei seine Prinzessin oder die Schönste von allen, immer nur Bumba. Welchen Sinn ich dem Wort gab, war mir überlassen, und als Kind wusste ich immer sofort, was es bedeutete.

Mama bat mich, Radus Eltern einzuladen, aber

bald, ich hätte es ja mit allem so eilig. Und so sind sie eines Sonntagmorgens vorbeigekommen. Erst besuchten sie in der Holzkirche die Messe, dann machten sie ihre Aufwartung. Den ganzen Samstag hatten wir das Haus auf Hochglanz poliert, Mama hatte eine Joghurttorte vorbereitet, die sie dann zum Kaffee servierte. Wir tranken ihn draußen, wo wir endlich den Holztisch und die Plastikstühle wieder aufgebaut hatten. Früher hatten wir an Sommerabenden immer unter der Pergola gesessen. Papa, Opa Mihai und Mario grillten Würstchen und Gemüse aus dem Garten, und jeder, der vorbeikam, wurde auf einen Happen eingeladen.

Radus Eltern ließen durchblicken, wie sehr ich für sie schon zur Familie gehörte, Radu sei so ordentlich und gelehrsam geworden, seit er mit mir verlobt war, betonte der Vater mehrfach.

»Mir macht sie immer noch das Leben schwer«, sagte Mama im Scherz.

»Warum heiratet ihr eigentlich nicht in Rădeni statt in Iaşi?«, sagte Radus Mutter plötzlich. »Der Pfarrer ist jung, und er sagt Dinge, da bleibt einem der Mund offen stehen, das sind nicht die üblichen Banalitäten.«

»Und die Barockorgel hat einen überwältigenden Klang«, ergänzte der Vater voller Bewunderung.

Mama begann übers ganze Gesicht zu strahlen

und stimmte sofort ein: »Und warum statt im Restaurant nicht hier unter der Pergola essen, wo wir doch nur zwanzig Gäste sind? Da spart ihr Geld, und Oma und ich kochen euch ein unvergessliches Bankett. Das wird unser Geschenk!«

»Also, das hört sich doch wirklich gut an«, stieß Radus Vater ins selbe Horn. »Wir haben euch zwar das Restaurant versprochen, aber falls ihr euch anders entscheidet, dann nehmt ihr dieses Geld einfach als Startkapital mit nach Berlin.«

»Eine sehr gute Idee!«, befand nun auch Radu. »Also, ich wär einverstanden«, sagte er entschieden, ohne mich um meine Meinung zu fragen.

Mama ging eine Flasche Trester holen, brachte den silbernen Schnapsgläserhalter und stieß auf unsere Hochzeit an. Ich war fassungslos und kaute auf meiner Lippe. Ich überlegte, zu Manuel ins Zimmer zu gehen, da kam er schon heraus und stimmte in die allgemeine Freude über das Hochzeitsfest bei uns zu Hause ein.

Nachdem alle gegangen waren, sagte er: »Sieh's mal so, für mich ist es viel weniger ermüdend, wenn ich hierbleiben kann. Denk einfach, du hättest es für deinen Bruder getan.«

»Ich denke, für meinen Bruder hab ich schon genug getan«, entgegnete ich und schloss mich im Bad ein.

Auch der Pfarrer war einverstanden, am zwanzigsten September heiratete sonst niemand, andere Feiern fanden nicht statt. Unsere Mütter einigten sich auf das Menu, und die jeweiligen Großmütter waren bereit, die Schürze umzubinden und den Teig für Brot und Kuchen zu kneten. Für unsere Freunde war es kein Problem, nach Rădeni zu kommen, auch nicht für Petru Popa und ein paar Klassenkameraden, die Manuel im Internet ausfindig gemacht hatte. Alles lief also reibungslos, die Einzige, die schmollte, war ich, mir blieb nichts anders übrig, als mich damit abzufinden. Und so fuhr ich denn in der Woche drauf, als Manuel seine letzte Behandlung bei der Physiotherapeutin bekam, mit nach Iaşi, um auch noch das Kleid zu kaufen. Für das perlfarbene Kostüm, das wir in einer Boutique in der Nähe des Kulturpalasts erstanden, gingen Mamas letzte Ersparnisse drauf, wenn ich es richtig deutete.

»Jetzt stehen wir wieder ganz am Anfang«, wiederholte sie in einem fort.

Nach der Physiotherapie und der neurologischen Untersuchung empfing Doktor Petran uns in seinem Büro und wollte von Manuel wissen, wie es ihm gehe. Als er erfuhr, dass er außer Spaziergängen nichts unternahm, lobte er ihn überschwänglich.

»Müßiggang ist stets die beste Kur!«, lachte er.

Er erkundigte sich, wie es uns ergangen sei, und erzählte von seinen Enkeln und den Ferien in den Bergen, von denen er gerade zurückgekehrt war.

»Wo ist eigentlich die Intensivstation?«, fragte Manuel.

»Am Ende des Gangs«, antwortete der Doktor überrascht. »Möchtest du sie sehen?«

»Ja, gern.«

Vorher erläuterte Doktor Petran noch, dass Manuel seine Schulter kaum wieder wie früher werde benutzen können und er demnächst darüber entscheiden würde, ob er einen Behindertenausweis bekäme. Ansonsten laufe alles wie geplant, und nach den Weihnachtsferien könne Manuel auch wieder in die Schule.

»Am Anfang kannst du ja vielleicht die Stundenzahl reduzieren«, überlegte er laut. »Auf welche Schule gehst du?«

»Ich möchte auf die Landwirtschaftsschule.«

Dann stand der Doktor auf und brachte ihn auf die Station, während Mama und ich im Büro warteten. Wieder betrachteten wir die Fotografien an den Wänden, der Doktor sei wirklich ein schöner Mann, sagte Mama. Dann trat sie ans Fenster, um noch einmal die Eichen anzuschauen, auf die sie all die Tage gestarrt hatte, als Manuel im Koma lag.

Sie stand da mit dem Rücken zu mir, als genügte es, sich abzuwenden, um all das Leid zu verbergen.

Da die beiden auf sich warten ließen, fragte ich, ob sie mitkommen wolle, eine rauchen.

»Im Hof?«

»Ja, auf unserer Bank.«

»Und wenn sie zurückkommen?«

Ich nahm ein Blatt aus Doktor Petrans Drucker, einen Stift aus dem Gefäß auf dem Schreibtisch und schrieb: *Sind im Hof.*

Wir traten durch die Metalltür, warteten auf den Aufzug und durchquerten die Gebäude. Langsam gingen wir über die Flure, als müssten wir sie uns ein letztes Mal ins Gedächtnis einprägen. Im Hof fehlte der feine Regen jener Wochen, dafür wärmte eine milde Sonne die Haut. Wir setzten uns auf die Bank und schauten uns um. Mama fing zum tausendsten Mal damit an, wie gut ich daran getan hätte, ein Kleid ohne Pailletten und Spitze zu wählen. Ich ließ sie reden. Kurz bevor wir wieder hinaufgingen, fragte ich: »Wirst du ihn irgendwann einmal fragen, ob es ein Unfall war?«

Sie schaute hinauf zum Dach, wo sich das Ruhezimmer befand, dann schüttelte sie den Kopf.

»Nein, Angelica, ich denke nicht, dass ich ihn das frage. Wir sind hier, das genügt mir.« Sie drückte die Zigarette unter dem Holz der Bank aus. »Ich muss nur einen Weg finden, mir meinen Lebensunterhalt zu verdienen, damit es ihm an nichts fehlt, aber die Wahrheit interessiert mich nicht. Und soll ich dir was sagen? Die ganze Vergangenheit interessiert mich nicht. Wäre die Erinnerung ein Stück Holz, ich würde sie ins Feuer werfen. Und dann zuschauen, wie sie zu Asche verbrennt.«

Am Morgen sah es nach Regen aus, und bei der Vorstellung, dass aus dem Festmahl im Freien ein peinlich beengtes Stehbuffet in unserem Wohnzimmer werden könnte, kriegte ich die Krise. Mit Natalia und Tania, die vor kurzem mit Bestnote ihr Medizinexamen gemacht hatten, war ich die Nacht bei Oma geblieben. Fast die ganze Zeit hatten wir auf dem Bett gesessen und gequatscht, ab und zu gingen wir nach draußen und rauchten eine. In dem Stündchen Schlaf, das ich bekam, hatte ich einen Traum: Ich bin noch ein Kind und spiele mit meinem Vater Fangen. Im Eifer des Gefechts löst sich die Schleife, die Mama mir ins Haar gebunden hat, und fliegt davon. Ich renne immer weiter, und als ich irgendwann merke, dass ich sie verloren habe, bin ich ganz verzweifelt und will nicht, dass er mich in die Arme schließt: »Aber, Bumba, ich kann doch nichts dafür«, sagt er immer und immer wieder.

Um fünf gingen wir in die Küche hinunter, um uns einen Kaffee zu machen, und trafen dort Oma Rosa an, die das Gebäck mit Honig glasierte. Das heiße Bügeleisen wartete schon, um ein letztes Mal das Kleid zu plätten.

Die Zeremonie in der Kirche dauerte ewig, und der Pfarrer kam mir, ehrlich gesagt, wenig originell vor. Unsere Trauzeugen waren zwei Freunde, sie trugen ein Gedicht und den Text eines Liedes vor. Die Nachbarskinder waren gekommen, um zu singen, und Mario, der neben dem Altar stand, dirigierte den kleinen Chor mit dem Zeigefinger.

Die Pergola war nicht wiederzuerkennen, Mama hatte sogar die Ziegel geputzt und die Fliesen gescheuert. Auf die Tische hatte sie geblümte Decken gelegt und so die abgeblätterten Stellen überdeckt, Girlanden und Weinblätter hingen von der Decke, baumelten unter einem Himmel, der an diesem Tag bedeckt blieb. Als ich zu Hause eintraf, hatte ich lauter Reiskörner im Haar. Auf der Schwelle empfingen uns die Großmütter in bunten Kopftüchern. Ich küsste beide und kippte die Gläschen hinunter, die Radus Bruder ständig mit Trester nachfüllte, wenn er einen Trinkspruch ausbrachte oder ein Lied anstimmte.

Nach dem Aperitif setzten wir uns an den Tisch. Alle außer Manuel, der sich mit einem Teller Fleischauflauf und einer Dose Coca-Cola, die er auf den Boden gestellt hatte, auf den Gehweg hockte, der seitlich am Haus entlangführt. Keiner seiner Schulfreunde war gekommen, nicht mal die beiden, die gesagt hatten, ihre Eltern würden sie bringen. Nur Petru Popa war da, der mir bei der Begrüßung kaum in die Augen schauen konnte. Er saß jetzt neben Manuel und zog sich sein schwarzes Basecap ständig in die Stirn, auch er aß Fleischauflauf und trank dazu Cola. Sie betrachteten den Garten und den Nachbarshof, wo die Hühner und Kaninchen scharrten, und drückten abwechselnd ein neues Musikstück, das dann in voller Lautstärke aus dem Smartphone ertönte, das auf den Dosen lag.

»Danke, dass du gekommen bist«, sagte ich zu Petru.

»Bitte«, antwortete er mit vollem Mund.

Mama hatte nicht kapiert, dass das Moped, mit dem Manuel den Unfall gebaut hatte, ihm gehörte, sie hielt ihn wohl für einen Klassenkameraden.

»Möchtet ihr noch etwas anderes?«, fragte ich.

»Im Moment nicht«, antwortete Manuel.

»Später vielleicht«, fügte Petru hinzu.

Alle zehn Minuten kam Mama an und fragte mich, ob es Manuel gut gehe, sie sei ja so froh, dass ein Freund von ihm gekommen war. Ich ließ ihr die Freude und richtete ihr Kleid, das ihr um die Hüften schlackerte. Wozu hätte ich ihr erzählen sollen, was sie nicht wusste. Sie hatte es selbst gesagt: Besser, man verbrennt die Erinnerungen.

Ich ging zurück zu den Gästen, die einen Kreis

um die beiden jungen Geiger gebildet hatten, zwei hochgewachsene Roma mit Schnurrbart und leuchtend schwarzem Haar. Radus Bruder hatte sie herbestellt. Wir begannen zu tanzen, Walzer und Polka in wilder Folge, irgendwann wurde uns die Pergola zu eng, und wir tanzten auf der Straße weiter. Die Nachbarn mischten sich unter die immer schneller wirbelnden Tänzer, Röcke schwangen, Blicke flogen. Erst als auch der Letzte außer Puste war, legten die Musiker die Geigen hin, und endlich kam die Torte. Bevor wir sie anschnitten, gingen Radu und ich ins Haus, um uns frischzumachen.

»Ich kann kaum glauben, dass wir bald in Berlin sind«, sagte ich und nahm seine Hände, während er mich auf den Hals küsste.

Die Torte, die Papanași und das Honiggebäck schmeckten wundervoll, doch ich kriegte nichts mehr runter, so pappsatt war ich, ich wollte nur noch die Haare lösen, mir die Klamotten vom Leib reißen und bei Radu sein. Doch ich musste immer weiter tanzen, bis der Abend dämmerte, und lächeln, wenn ich in den Fotoapparat und die Kameras der Smartphones schaute. Auch Mama lächelte und posierte, eine Hand in der Hüfte, die andere auf Manuels Schulter. Ich hätte so gern weniger Angst vor der Liebe, die mich mit ihr verbindet, vor dem Schicksal, das ihrem ähneln könnte. Ich hätte gern weniger Angst davor, dass ihr ausgemergeltes Gesicht mit der Zeit zu meinem wird.

Gegen sieben kam Oma mit ihrem Kopftuch und sagte, sie gehe jetzt heim. Nie habe ich sie so fest umarmt. Abgesehen von den kurzen Spaziergängen mit Manuel verließ sie das Haus nur, um auf dem Markt einzukaufen. Nicht einmal mit ins Krankenhaus ist sie gekommen, und während Manuels Reha wollte sie nicht mit uns in Iaşi bleiben. Oma Rosa war klapperdürr, die Wangen bleich, die Augen wässrig, doch an diesem Tag lächelten ihre schmalen Lippen in einem fort, und in den Augen erkannte ich den zähen Blick wieder, der mir aus Kindertagen vertraut war. Ich konnte gar nicht aufhören, ihre Wangen zu küssen, bis sie mich irgendwann wegschob und sagte, die Küsse solle ich für meinen Ehemann aufbewahren. Gleich darauf brachen auch Radus Eltern auf, zusammen mit der anderen Oma, die seit einigen Stunden abseits neben dem Ausgang gesessen hatte. Petru verabschiedete sich mit einem Rapper-Move von Manuel und verdrückte sich zu seinem Onkel, der ihn mit dem Auto abholen gekommen war.

Da verkündeten unsere Freunde, dass sie uns in der Bar am Dorfplatz erwarteten, sie hatten Kleidung zum Wechseln mitgebracht, und ehe sie aufbrachen, gingen sie der Reihe nach ins Bad, zogen sich Sakkos und Kleider aus und dafür Jeans und T-Shirts an. Radu und ich wollten auf ein letztes Glas nachkommen.

Wir setzten uns unter die Pergola, die voller Trauben hing, in den Ecken lagen die leeren Flaschen auf einem Haufen. Wir räumten den Tisch frei, stapelten die Teller in einer Ecke, dann goss Mama uns Kaffee ein. Als sie sich eine Zigarette anzündete, fragte Manuel: »Darf ich eine mit euch rauchen?«

Wir schauten uns an, und schließlich reichte Mama ihm die Packung. Unter einem Vorwand ging sie hinein und kam mit einem Umschlag heraus, den sie Radu gab. Unsere Namen standen darauf.

»Das ist für euch«, sagte sie, ohne uns anzuschauen.

Ich wollte dieses Geld nicht annehmen, aber es war zwecklos, darauf zu bestehen. Radu stand auf, umarmte sie und sagte, das Hochzeitsessen sei das schönste Geschenk von allen gewesen. Sie küsste ihn auf die Wangen und strich ihm mit den Fingern über Brauen und Schläfen. Eine Zeitlang unterhielten wir uns über das Fest und die Speisen, die unsere beiden Großmütter zubereitet hatten. Zum ersten Mal, seit Mama nach Rumänien zurückgekehrt und Manuel aus dem Koma erwacht war, empfand ich, dass wir vielleicht nicht nur Überlebende waren. Vielleicht war da noch mehr. Vielleicht gab es eine Möglichkeit, gut miteinander auszukommen, man musste nur herausfinden, wie.

Mein Bruder schaltete das Licht ein, eine alte Lampenfassung aus Plastik, die Papa nie erneuert hatte. Wir legten uns die Jacken um die Schulter, weil langsam die Feuchtigkeit in die Knochen drang.

»Kannst du uns einen Augenblick lang allein lassen?«, bat Mama Radu.

Er verstand nicht und sah mich an, dann stammelte er: »In Ordnung, natürlich.«

»Was ist los?«, fragte ich verärgert. »Warum kann Radu nicht bleiben?«

»Nur einen Augenblick, bitte.«

Kein Problem, sagte Radu und machte sich auf den Weg zur Bar. Der Umschlag mit dem Geld blieb auf dem Tisch liegen.

»Was musst du uns sagen, Mama?«

»Ich hab einen Anruf aus Mailand bekommen, Oreste liegt im Sterben«, sagte sie zögernd. »Ich möchte hinfahren und mich von ihm verabschieden.«

»Du willst noch mal wegfahren?«, fragte ich ungläubig.

»Morgen Abend um neun geht ein Flieger.«

»Und wann kommst du wieder?«, fragte Manuel in feindseligem Ton.

»Bald.«

Mein Bruder und ich sahen uns an. Doch wir schwiegen, keiner von uns beiden hatte den Mut zu sagen, was wir dachten.

»Warum kommst du nicht mit?«, fragte Mama ihn. »Doktor Petran meinte, Fliegen kann dir nichts anhaben.«

Manuel streckte den Arm vor und wehrte die Vorstellung mit Kopf und Hand ab. Ohne um Erlaubnis zu fragen, zündete er sich noch eine Zigarette an, Mama wagte nichts dagegen einzuwenden.

»Kannst du vielleicht die paar Tage hier bei ihm bleiben?«, wandte sie sich an mich.

»Das ist nicht nötig«, antwortete Manuel hastig. »Oma ist doch da. Und außerdem komm ich allein zurecht.«

»Hast du schon gebucht?«, fragte ich.

»Ja.«

Bei jeder anderen hätte ich gedacht, sie macht Witze, doch Mama machte nie Witze.

Manuel aschte auf einen Teller voller Nussschalen. Als er zu Ende geraucht hatte, stand er so abrupt auf, dass er mir einen Moment lang wieder Angst machte. Er ging ins Haus und kam mit dem roten Bumerang wieder heraus, den wir an dem Tag, als Papa weggegangen war, in der Mansarde gefunden hatten.

»Warum willst du nicht mitkommen?«, fragte Mama wieder.

»Komm du doch mit mir«, antwortete Manuel, hängte sich bei ihr unter und bedeutete auch mir, ihm auf die Straße zu folgen.

»Weißt du, wie man den wirft?«, fragte er Mama.

»Ich glaub nicht.«

»Ich kann ihn nicht werfen, mir tut die Schulter weh.«

»Die wird wieder.«

Manuel verzog das Gesicht. Ihm schien es egal zu sein.

»Er kommt zurück, weißt du?«, sagte er und hielt ihn ihr einen Zentimeter vors Gesicht.

»Ja, ich weiß.«

Manuel schloss Mamas Finger fest um das Holz.

»Los, wirf.«

»Aber ich kann das nicht …«

»Nur Mut, Moma, wirf ihn, und dann versuch, ihn wieder aufzufangen.«

Mama war unschlüssig, da umfasste Manuel ihre Arme und half ihr, sich richtig in Position zu stellen.

»Warum soll ich überhaupt werfen?«

»Los, wirf schon!«

Mama wollte ihre Frage wiederholen, hielt sich aber zurück. Dann, kurz bevor Manuel der Kragen platzte, warf sie ihn, und vor Anstrengung stieß sie einen erstickten Schrei aus.

Der Bumerang flog los, sauste durch die Luft wie eine Schwalbe. Als er den Scheitelpunkt erreicht hatte und kehrtmachte, sah es aus, als würde er die orangegefleckten Wolken des spätsommerlichen Sonnenuntergangs durchschneiden. Ich schloss die Augen.

»Er kommt zurück!«, schrie Manuel.

»Los, Mama!«, schrie da auch ich, während ich spürte, wie eine Last von meinem Körper abfiel.

Sie beugte sich vor, belastete erst ein Bein, dann das andere. Sie streckte die Arme in die Luft, öffnete die Hände, riss die Augen auf, dann sprang sie ab. Sie sprang, als wäre sie noch jenes Mädchen, das ich nie kennengelernt habe. Und fast hätte sie ihn tatsächlich erwischt.

Nachbemerkung

Seit dreißig Jahren stellen Frauen zwei Drittel der Migranten auf diesem Planeten. In der öffentlichen Wahrnehmung jedoch ist Migration nach wie vor ein männliches Problem, als lebten wir noch in der Nachkriegszeit, als Bergbau, Landwirtschaft und Industrie die Arbeitskraft zigtausender Männer benötigten. Wenn heutzutage die Frauen so mobil sind wie nie zuvor in der Geschichte, dann weil der wohlhabendere – überalterte – Teil der Welt vorwiegend weibliche Wanderungsbewegungen verursacht. Hortete die westliche Welt einst männliche Arbeitskraft und Ressourcen, werden nun zunehmend helfende Hände in der Pflege gebraucht, und da diese Hände vor allem Alte, Kinder und Kranke versorgen sollen, setzt man bevorzugt auf die Hände von Frauen.

Wir alle kommen – direkt oder indirekt – mit ihnen in Berührung, denn den Haushaltshilfen werden die intimsten Aspekte unseres Familienlebens anvertraut. Neu daran ist, dass die Trennung zwischen Arbeitsplatz und Wohnort zunehmend aufgehoben ist, weil viele mit den Pflegebedürftigen zusammenleben, denen sie Tag und Nacht zur Seite stehen.

Ich wollte die Geschichte einer Migrantin aus der heutigen Zeit erzählen, einer dieser Frauen, die so vielen von uns die Last der Pflege von Körper und Geist unserer Bedürftigen abnehmen und es uns ermöglichen, ein Leben nach unserem Gusto zu führen, ohne Verzicht.

Dieser Roman hat eine Entstehungsgeschichte, auf die ich gern näher eingehen möchte. Anfangs wollte ich über eine Frau schreiben, die eine feste Arbeit sucht und, weil sie die nur im Ausland finden kann, ihre Familie und ihr Land verlässt. Das hätte mir erlaubt, die Welt, aus der sie kommt, und die, in der sie landet, darzustellen und darüber nachzudenken, was das mit ihr macht und wie ihr Alltag aussieht. Anders gesagt: Es hätte mir den Raum gegeben, die psychischen und sozialen Folgen dieser Arbeits- und Lebenssituation zu beschreiben. In den Diagnosen osteuropäischer Psychiater hat der gehäuft auftretende Burnout bei einstigen Haushaltshilfen bereits einen eigenen Namen, man bezeichnet ihn als »Italienkrankheit« oder auch »Italiensyndrom«. Das heißt: Weil es in dem Land, in dem ich lebe, so viele Alte gibt, benennt man anderswo nach ihm eine Krankheit, die die Folgen des Raubbaus am seelischen und körperlichen Gleichgewicht von Millionen Frauen beschreibt; immerhin müssen diese Frauen mit komplizierten Krankheiten wie Alzheimer oder Parkinson klarkommen. Ihr Leiden ist für alle sichtbar, aber darüber zu sprechen fällt uns schwer.

Doch nachdem ich in Rumänien die Schulen und Einrichtungen für die zurückgelassenen Kinder und Jugendlichen gesehen habe – die »Eurowaisen« oder *»Home-Alone Children«* –, genügte mir das nicht mehr. Da es sich bei den Migrantinnen vorwiegend um Mütter handelt, sind das letzte Glied in der Kette natürlich die Kinder jener Mütter, die bei Großeltern, Tanten und Onkeln unterkommen oder aber, wenn sie weniger Glück haben, in Einrichtungen landen, die sich um sie kümmern, so gut es ihre (meist knappen) Mittel zulassen. Diese im Grunde so naheliegende Feststellung hat mich nicht mehr losgelassen, und bald war mir klar: In meiner Geschichte sollten auch die Kinder eine Hauptrolle spielen. So ist ein dreistimmiger Familienroman entstanden, in dem jedes Mitglied seine eigenen Entscheidungen trifft, aber auch mit denen der anderen klarkommen muss und dabei die eigenen Bedürfnisse, die eigenen Traumata, die

eigenen Lebensziele nicht aus den Augen verlieren
darf.

Den ausgewanderten Frauen gelingt es zwar
meist, die wirtschaftliche Lage der Familie zu ver-
bessern, doch der Preis, den sie dafür auf emotio-
naler Ebene zahlen, ist hoch: weil das Fortgehen
die eigene Identität verändert und vor allem weil
es Mütter und Kinder einander entfremdet. Die
Auswanderung bringt die Perspektiven durcheinander, denn die Arbeiten, die die Frauen im
Ausland verrichten, entsprechen in den seltensten
Fällen der eigenen Qualifikation oder den eigenen
Ambitionen: Oft besitzen die Migrantinnen mindestens mittlere Reife und übten in der Heimat die
typischen Berufe der Mittelschicht aus, wenn auch
schlecht bezahlt. Dazu kommt, dass es mit der Zeit
immer schwieriger würde, die neue wirtschaftliche
und familiäre Ordnung wieder rückgängig zu machen, so dass die Rückkehr nach Hause sich immer
mehr auf Stippvisiten beschränkt oder ganz zur
Schimäre wird.

Um die Geschichten dieser Mütter kennenzulernen, musste ich mich mit ihrer Situation auseinan-
dersetzen, mich mit Historikern, Politologen und
Soziologen austauschen und zahlreiche Interviews
mit ausländischen Pflegekräften führen. Um die

Welt der Eurowaisen kennenzulernen, habe ich mit Silvia Dumitrache, der Vorsitzenden der Vereinigung rumänischer Frauen in Italien (ADRI), zahlreiche Orte besucht, unter anderem das Institutul de Psihiatrie »Socola«, wo mir Dr. Petro Craciun-Nechita die Situation der Frauen mit Italiensyndrom erläutert hat, sowie das Centrul Diecezan Caritas von Pater Egidiu Condac, wo ich die Not vieler Minderjähriger, die unmittelbar unter den Konsequenzen dieser transnationalen Migration zu leiden haben, aus der Nähe sehen konnte.

Wer eine Geschichte erzählen will, muss ihr zuhören können: Die Worte dieser Frauen, Kinder und Jugendlichen sind der Keim, aus dem dieses Buch geboren wurde. Es zu schreiben, war für mich ein Versuch der Wiedergutmachung.

M. B.

Danksagung

Ich danke Silvia Dumitrache, den Erzieherinnen der Einrichtungen für Kinder, den Lehrern, Ärzten, Kindern und Jugendlichen, die ich in Rumänien kennengelernt habe. Eine Geschichte zu erzählen bedeutet, sie zu verwandeln, und ich habe als Ausgangspunkt dafür die Worte, die Gesten und den herzlichen Empfang genommen, den ich von ihnen allen erfahren habe.

Ich danke den Freunden, die diese Seiten geduldig wieder und wieder gelesen haben: an erster Stelle Irene Barichello und Francesco Pasquale. Ich danke Laura Cerutti, Alberto Cipelli, Davide Gulotta, Alberto Rollo und Alberto Schiavone. Die Klugheit und Sorgfalt, die Paola Gallo und Marco Peano gegenüber meinen Projekten an den Tag legen, sind für mich von großem Wert, ebenso wie die Unterstützung von Piergiorgio Nicolazzini.

Und schließlich danke ich Anna, Caterina und Riccardo, die dafür sorgen, dass ich mich nie in den Wörtern verliere.

*Bitte beachten Sie
auch die folgende Seite*

Marco Balzano
im Diogenes Verlag

Marco Balzano, geboren 1978 in Mailand, ist zurzeit einer der erfolgreichsten italienischen Autoren. Er schreibt, seit er denken kann: Gedichte und Essays, Erzählungen und Romane. Neben dem Schreiben arbeitet er als Lehrer für Literatur an einem Mailänder Gymnasium. Mit seinem Roman *Das Leben wartet nicht* gewann er den Premio Campiello, mit *Ich bleibe hier* war er nominiert für den Premio Strega, das Buch war auch im deutschsprachigen Raum ein Bestseller. Er lebt mit seiner Familie in Mailand.

»Balzano erzählt von einfachen Menschen und verschwundenen Welten, vom Leuchten der Poesie inmitten größter Verzweiflung. Glasklar und schlicht, mitten ins Herz.«
Dagmar Kaindl / Buchkultur, Wien

Damals, am Meer
Roman. Aus dem Italienischen
von Maja Pflug
Auch als eHörbuch,
gelesen von Stefan Kaminsky

Das Leben wartet nicht
Roman. Deutsch von Maja Pflug

Ich bleibe hier
Roman. Deutsch von Maja Pflug
Auch als eHörbuch,
gelesen von Dominique Lüdi

Wenn ich wiederkomme
Roman. Deutsch von Peter Klöss
Auch als Hörbuch,
gelesen von Anna Schudt